青春入列

一名大学生士兵两年军营生活的成长报告

吴风港 著

图书在版编目（CIP）数据

青春入列/吴风港著.—北京：金盾出版社，2024.10
ISBN 978-7-5186-1805-7
I.I25
中国国家版本馆CIP数据核字第2024XD9238号

青春入列
QINGCHUN RULIE
吴风港　著

出版发行：金盾出版社	开　本：787mm×1092mm 1/16
地　　址：北京市丰台区晓月中路29号	印　张：21
邮政编码：100165	字　数：210千字
电　　话：（010）68276683	版　次：2025年1月第1版
（010）68214039	印　次：2025年1月第1次印刷
印刷装订：河北文盛印刷有限公司	印　数：1~2000册
经　　销：新华书店	定　价：68.00元

（凡购买金盾出版社的图书，如有缺页、倒页、脱页者，本社发行部负责调换）

版权所有　侵权必究

谨以此书献给向往军营的青年朋友

向正在强军道路上奋进的战友们致以崇高敬意

生命里有了当兵的历史，一辈子都不会后悔。这些年，大学生投笔从戎，为军队注入了新鲜血液，成为军营亮丽的风景线。作者两年的从军经历，再次验证了一个事实：人民军队是一座大熔炉、大学校。在这个大熔炉里，年轻人会得到淬火历练，培养造就出严格的纪律观念和不怕困难的勇气；在这所大学校里，能够学到在社会上学不到的东西，尽快缩短从男孩到男子汉的距离。作者两年军旅生涯的感悟可能略显稚嫩，却真实可感可亲。本书对那些有志投身军营的青年来说，无疑是一个入门的向导。

空军少将

詹亚军

卷 首 语

　　如果你用心阅读完本书，你就会明白一个社会青年是如何转变成为一个士兵的。

　　如果你能阅读再仔细一些，你就会明白一个士兵怎样才能成长为一个"优秀士兵"。

　　无论是有当兵理想的青年，还是正在准备应征入伍或是已到军营的战友，都建议挤点时间阅读一遍。

序一

向军人致敬，向青春致敬

《青春入列》的作者吴风港同志，虽不能完全说是我看着他长大的，但从那小小少年，成长为如今翩翩青年，至少可以说是看着他如何节节拔高的。因为他的父亲吴松华和我，在二十世纪八十年代初，一同从皖西南一个叫宿松的县城出发，同乘一艘轮船后又改乘同一列绿皮火车，来到空军同一所军校、同一座军营，我们一起应征入伍空军了。

乃父和我，同乡同袍。即使后来我俩在军营里不同的单位，坚守着各自的岗位，但听的是同一声军号，唱的是同一首军歌，铸的是同一样的军魂。就是今天的吴风港同志，在两年的军旅生活中，与我们一脉相承的，依然是强军的红色基因。

一个二十岁刚出头，在军营生活了两年的退伍士兵，何以能码出二十万字的书稿，而且还像模像样（至少我这么认为），还是得先挖挖他的文脉传承。

他的老家在安徽省安庆市宿松县，也是名常见经传的。据《宿松风韵》（宿松县政协编，黄山书社2009年9月版）："隋文帝开皇初年（公元581年），改'高塘郡'为'高塘县'；开皇十八年（公元598年）再改'高塘县'为'宿松县'"。这是历史上正式的"官方说"。但最著名的还有"诗仙说"，尽管宿松县名在隋朝就有了，但民间流传最广的，宿松县得名是因唐朝诗仙李白在公元757年"夜宿松树下"咏诗而来的。《山中与幽人对酌》诗曰："两人对酌山花开，一杯一杯复一杯。我醉欲眠卿且去，明朝有意抱琴来。"还有《赠闾丘宿松》更是直接扬我宿松大名："偶来拂衣去，谁测主人情。夫子理宿松，浮云知古城"，诗仙在宿松大地上心情舒畅地生活了三个月，他所住的南台寺而今也成了宿松的一大古迹。

在宿松这方诗人墨客愿意前来、文人雅士心愿长住的土地上，自古就萌芽着、生长着、流淌着对文字、文章、文学热爱的种子。宿松人稍微识点字断点句，就喜欢舞点文弄点墨，以至不少人爱上吟诗作对、提笔作文。我和松华都是在这根筋脉上启蒙、受教、长大的，自然也抱有对文字的喜爱和领悟。而今的吴风港虽不是在这方土地上出生，但传承的依然是这根文脉。

松华军校毕业后，分配在一个航空兵师里，从基层普通干部成长为师里机关的宣传科长，全靠一字字、一句句、一篇篇文稿锤炼、发表、积累而成，其中艰辛、快乐、冷暖，松华知、我亦知，而今也著书立言的吴风港一定也知。他写的这些兵言兵事，我也曾浏览，并为打动过我的文字暗自赞叹。但这兵言兵事所具体发生的情境，以及大学生士兵的军旅生活和真实状况，现在形成了一部书稿，引诱我一探究竟，认真仔细地阅读起来……

上篇"应征入伍"第一组"兵言"："军队，是我热爱的。军营，是我熟悉的。军人，是我敬仰的。"无论是他入伍时的初步认识，还是退役后的心得体会，我和他的父亲作为在空军服役到退休的老兵，对军队、军营、军人毕生含有情感，这犹如我俩的心声。对，这就是我们的心声，是代代军人的心声。有此先声动人，越往后看越能看到你想看的风景。你若是位老兵，就能回想起自己火红而青涩的年华，如何在大熔炉里绽放；你若是个新兵，就能学到如何避免"新兵囧事"，学会向妈妈报喜不报忧；你若是名在校大学生，正跃跃欲试报名应征，你也会有"离家前的不眠之夜"，并且也能在"一瞬间长大"；你若是学生家长，爸爸的认可、妈妈的担忧，在幸福的家庭里各有不同、各美其美、美美与共；你若是已退役正在不同岗位上奋斗的青年，这书里写的就是你，你可以尽情补充注释了……

"生命里有了当兵的历史，一辈子都不会后悔。"空军少将乔亚军在看完这部书稿后，真切地点评道："这些年，大学生士兵投笔从戎，为军队注入了新鲜血液，成为军营亮丽的风景线。作者两年的从军经历，再次验证了一个事实：人民军队是一座大熔炉、大学校。在这个大熔炉里，年轻人会得到淬火历练，培养造就出严格的纪律观念和不怕困难的勇气；在这所大学校里，能够学到在社会上学不到的东西，尽快缩短从男孩到男子汉的距离。作者两年军旅生涯的感悟可能略显稚嫩，却真实可感可亲。"

乔将军还郑重指出："该书对那些有志投身军营的青年来说，无疑是一个入门的向导。"这个"向导说"，我也十分认同。

初得文稿一看，清新的文字，活泼的语言，有料的故事，随即让我眼睛一亮：小子，好样的，超过乃父！《青春入列》单看这名字平静又富有诗意。宿松人钟情文字的香火后继有人……

吴松华打电话请我给孩子的书稿写个序，我十分欣喜，心中乐意。欣喜的是，吴风港同志入伍第一年就不断地投稿，从小小"豆腐块"到半个版的通讯再到消息稿上头版头条，这些成绩的取得，没有真本领是不可能做到的，我看好这孩子，自然很欣喜；乐意的是，为大学生入伍的吴风港的成长进步站个台、喝个彩，对他们来说是鞭策和鼓励，说不定能够为他们继续写出更多更好的作品注入新的动力，何尝不是赏心乐事？

　　针对这本书，思想上还可继续沉淀，结构上也可重新编排，但作为一本经过大学生士兵的头脑思考凝结、出自大学生士兵的手敲打成篇的新著，可读可感可点赞！

　　是为序。

杨庆春

（原空军报社社长，高级编辑）

作于2022年7月9日京城北太平路寓所

序二

裁一截最美青春赠军营

一

给一本书写评，是一件很严肃、正规的活儿，必须有一个相映衬的篇名。读小战友吴风港的《青春入列》时，我是有这个想法的，且还应该鞭辟入里地正式评。掩卷以后，甚至脑子里跳出这么一行字——裁一截最美青春赠军营。若用此作书评的名字，似为尚可。惜我不是正宗的书评人，甚至也不通晓书评的写法。很多要表达的意思，大多是读此书的时候不经意间冒出来而信手记下的。

我知道《青春入列》是以极其严肃、认真，且十分虔诚的态度写的，但我评的时候，即使持同样的态度，也很难得到期望的效果，唯恐评偏了这本尚好的书。

二

《青春入列》是一部身为90后地方大学生从军的历练经历和心路历程的实录。其时空经纬标注得比较精确，叙述的笔触甚是具体细腻，及时的感慨和事后的反思较为真切，很像一部从军日记。通览全书之后，突然冒出这样的感觉：我又获得了一段从军的标本。

第一个标本，来自于自己的从军经历。当然，我是在时间坐标的左侧，空间形态也有不小的变化，但本质上还是基本相同的。故而，我读起来，感到特别亲切，特别是新兵连的"中篇"部分，仿佛又回到了从前。

第二个标本是刘震云的《新兵连》。虽然那是一篇小说，但那也是作家刘震云新兵连生活的投射。特别有意思的是，《新兵连》是作家某些负面现象的观察、描写和艺术的再现，《青春入列》则是积极地展示和正面的分析、解读。从这个角度看，作者更具向上、向善的积极意义。

从标本的意义上说，我与吴凤港相同经历的片段中，在情感上是相通的。他写退伍前："说句心里话，军队这个门，进很难，出亦很难。进门难，主要是因为军队对兵员征集的严格条件；出门难，那主要缘于对军营的依恋、对战友的不舍。"他当兵才两年，就有这种强烈的感受，当然会电击般触动从军三十多年的老兵的心。这大约也是在我不读书久矣后，能花大半天时间，一口气把这本书读完的原因。

说"进门难和出门难"，就不由自主地会想到李商隐的名句——相见时难别亦难，东风无力百花残。其实军人对军队、军营、战友的情感，有时比爱情更浓烈。

三

给《青春入列》写点感受，也是有缘由的。旬月之前，在京的部分退役战友小聚。与十多年未见的吴松华战友碰面了。他告诉我，儿子吴凤港出书了，要我给写点评。碍于老战友情面就应承了。

钱锺书说，吃了鸡蛋，是没必要认识下蛋母鸡的。而下了《青春入列》这只蛋的小母鸡吴凤港，我是认识的。与他接触，起码有三次。

第三次当然是读他的书，跨越时空，虚拟接触的。但这次接触，属心灵交流，可算得上是最深的。让我认识了一个90后大学生兵的代表。

第二次接触，大约是六年前。估计是他新兵连结束刚分配到作战部队不久。那次我陪外地战友回基地看望曾经战斗、生活过的老部队。基地的领导特别重视，安排场站政委陪同。有一个年轻帅气的小兵给大家照相。我见他很干练的样子，便问政委。政委告诉我他的名字，我这才对上号，没想到他都当兵了！昨天，我在《青春入列》里读到，他的许多新闻报道和文学写作成果，都是在这个时间段里凝结成的。可见部队环境对他的造就和他个人的奋斗，确实硕果累累。书的"下篇"，有详细地记述。

第一次接触，应该是在他三四岁的时候。他幼儿园放学，我下班。见他爸拉着他的手正要回家。我逗他，说考考你。伸出一只手问：这是几？是五。再伸一只手，现在呢？是十。握成两个拳头问：是几？他想了想：是二。我又五指张开，到底是十是二？他急了，要挠我！

在《青春入列》里，他写了个人和集体的关系。有两点很深刻。一是训练中，班里一人犯错，全班受罚，谓之"一人生病，全班吃药，"以培养集体意识和集体荣誉感。二是训练成绩，只有全班每一个人都及格后，全班才算及格。不然，全班九个优秀，哪怕只是一个人不及格，全班就是不及格！

吴凤港小战友不见得能记得我们第一次接触时的小故事，但个体与整体的关系，当兵后，他是很透彻而深刻地理解了。

四

说他书里书外的故事，自然会想到他的名字——吴风港。

是不是很眼熟？无风港！按谐音，无风的港湾。把儿子的名字叫吴风港，寄寓了父母什么样的希望！希望孩子的一生，无风无浪，无险无患，平平静静，平平安安，稳稳妥妥，安安逸逸，凝聚力量蓄势待发……

吴风港的老家，在安徽省的宿松县，半山半水。在长江的北岸，与庐山隔江相望。水接鄱阳湖口，山靠古南岳天柱山。在九江稍微往下，靠近宿松北岸有个小孤山。山上有座较为壮观的庙。庙里供奉的居然是妈祖菩萨。这在全国，除岭南及沿海地区外，内地唯一供奉妈祖的庙。希望妈祖保佑江上行船，风平浪静，顺水扬帆，平平安安。可见历代先民，对平静的港湾是多么的向往！

父亲给儿子取名的寓意，是有地理、历史等文化传承的。而蜜罐里泡大的儿子，却偏要暂抛安逸，去到一个烈焰熊熊的熔炉里去淬炼，去到一个铁马金戈的阵地去摔打。吴风港写道："其实，我大学上得好好的，之所以报名参军，除了尽《中华人民共和国宪法》赋予的责任、义务，更主要的是用我父亲的话说"锤炼自己作为男人的血性、胆气和风摧不垮的风骨"。

随记到此，突然想起了我离开部队之前参与的最后一项工作。2005年，江苏省人民代表大会以军队代表为主的人大代表，提了一个涉及军队建设的提案，做好地方大学生入伍的动员、组织、优抚和退伍安置的工作条例草案。省人大列入地方立法议程。省人大以军队代表为主的立法工作组到各市，组织市军队代表征求意见，讨论立法条款。后来形成了一个正式的优抚条例，由省人大常委会批准成法。在全国形成了第一个涉及军队建设的、关于地方大学生入伍的相关优抚激励与保障的地方性法规。在人口趋势嬗变，人口结构单一化，可能对军队建设的影响，特别是对军队兵员数量、质量影响的前提下，率先做了这样的工作，其积极和示范意义，无疑是很大的。

以此为参照背景，来读《青春入列》，吴风港小战友响应国家号召，投笔从戎，顺应历史发展的需要，将一段最美的青春，奉献给军队建设、国防建设，并用其流畅而细腻的笔触，将这段历程纪录下来，奉献给读者，尤其是有志于和将来要从军的读者，尤其能突显出政治意义，还有时代潮流的标志意义。

五

作为第一次写书，第一本成书的小战友，是可喜可贺的。但必须清楚，离至臻至美还有相当长的路要走。

书中有大量的自注。这是大可商榷的。注的内容，都应该是叙事的一部分，有些是极精彩的素材。若在行文中纳入叙事，其体例和文气就会通畅得多。

下篇是成长与成熟的重点。处理好开花、结果的过程与展示成果的关系，对作品的成熟与成功不无影响，似可需再上一层楼。还有，要考虑上、中、下篇的文理贯通。

好酒的酿造，除了好的工艺，尚需时间的积淀。美好的青春，奋进的历程，激越的生活需要凝练，以达到应有的高度和浓度。仅指出一点，军营内的人际关系，是一个重要的思考点。流于当下社会的说辞，将自己降于平庸了。应作深层次思考，提出自己的真知灼见，作为一笔财富，留给战友、领导和军队。即便不成熟也无妨。

六

仅此，我推荐大家读这本书。

曾经的老兵们，可以从新时代小战友这面镜子里，照到自己青春的影子，勾起美好的回忆。

未来要从军的小小战友们，可以看到老兵们曾走过的路，所受过的体魄锻炼和精神的历练，预先知道真正的战士是怎样成长的，为自己的奋进作铺垫。

未当兵的朋友，可以看到军人的奉献在哪里。哪怕只是短短的两年军旅生活，可以知道大熔炉的锻炼有何特色，经过淬火的青春会具有怎样的质地和别样的光泽。

拉拉杂杂，或许还言不及义。以此为评，有滥竽充数之嫌。水平所限，只能如此了。作者、读者，请见谅！

王志怀

（原空军某部政治部主任）

2024 年 11 月 11 日于北京

目 录

上篇　应征入伍 / 001

01　站立成青松的姿态接受祖国的挑选 / 003
02　手捧《应征入伍通知书》，我向校园告别 / 006
03　离家前的不眠之夜：我一瞬间长大 / 009
04　出征仪式 / 012
05　军列西行，回望远去的家乡 / 015
06　军营：我们列队行进，口号山响 / 018
07　新兵窘事 / 020
08　新兵连的第一个夜晚，我躺在床上悄悄流泪 / 023
09　剩饭桶里的馒头 / 026
10　第一次班务会：我在悄悄酝酿表现的机会 / 028
11　这一夜，静得几乎听不到呼吸…… / 030
本篇结束语：让青春不一样 / 031

001

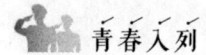

中篇　我的新兵连　/　033

12　开训首日，我们没能去训练场，却去了厨房　/　035

13　听信传言就是自己吓自己　/　038

14　"悲剧"来得太快，就像龙卷风　/　042

15　排头兵不好当　/　044

16　我们的新兵连长　/　047

17　隔空拉歌，与兄弟连队一较高下　/　050

18　我从家到这里，要坐30小时火车　/　053

19　要小聪明玩套路在这里没有市场　/　055

20　我确立的第一个目标　/　059

21　战友间的小矛盾开始初见端倪　/　061

22　我的竞争对手刘喜祥　/　064

23　副班长也是"官"，新官不怕事儿大　/　067

24　没有手机的日子真难熬　/　070

25　上下铺之争　/　073

26　报喜不报忧，21天后我拨通了家里的电话　/　076

27　军营中秋月　/　079

28　一封家书泪千行　/　083

29　王宇摔倒在训练场的前前后后　/　086

30　新兵训练三个月　/　089

31　再见战友，让我们相忘于江湖　/　092

32　课目：实弹射击！　/　096

目 录

33 由某某受到连长表扬想到的 / 099

34 与战友处好关系的学问 / 102

35 面对偏见挺直腰杆：城市兵怎么啦 / 106

36 "一级战备"：让人兴奋的中期考核 / 109

37 惊动全连的"午休事件" / 112

38 "葡萄"成熟了 / 115

39 手榴弹的威力有多大？ / 119

40 洋相百出的紧急集合 / 122

41 新兵训练，越是后期越紧张 / 127

42 热门关切：分配去向 / 130

43 成为战士的最后一道坎儿 / 132

44 士兵荣誉：连长为我授衔 / 135

45 我是"新训尖兵"！我选择去作战部队 / 137

46 下连前夜 / 139

47 致敬！我们的新兵班长 / 142

本篇结束语：蹒跚的步履、青涩的记忆 / 145

下篇 军歌嘹亮 / 147

48 战机从头顶飞过 / 149

49 欢迎仪式结束后，我被一个空军上尉带走 / 151

50 老连队的新兵待遇 / 153

51 我们连队的英雄们 / 157

52 与连队英雄们的心灵对话 / 161

53 全站军人大会我吓出一身冷汗 / 163

54 70年前的那场战争 / 166

55 难得便装走一回 / 173

56 欢欢喜喜过大年 / 176

57 刚混熟点就要离开了 / 180

58 "少说话，多做事"：老士官的经验之谈 / 183

59 值班室风波 / 185

60 最茫然的时光 / 188

61 四两拨千斤：我的第二个"小目标" / 189

62 "李干事"其人 / 191

63 第一篇小短文在《空军报》发表 / 193

64 没想到，"出名"竟在一瞬间 / 197

65 来自科长的鼓励 / 199

66 政委是多大的官儿 / 201

67 小小列兵挑大梁 / 204

68 幸运6月，辛苦付出后的惊喜连连 / 209

69 一个典型一片天 / 213

70 以负重的姿态前行 / 216

71 高调做事，低调做人 / 219

72 必须不负重托，一脚踏进强军路 / 222

73 没有结束的小结 / 224

74 精武强军在路上 / 226

目 录

75 向党组织提交"入党申请" / 228

76 "机关兵"二三事 / 229

77 没有伞的孩子只有努力奔跑 / 232

78 老兵退伍前夜 / 234

79 天寒好个冬 / 237

80 面对荣誉我压力山大 / 241

81 新兵来啦,我依然是"新兵" / 243

82 书本以外的东西谁来教 / 245

83 我和老兵室友的战争 / 248

84 离退伍还有270天:我的第三个"小目标" / 252

85 无悔军旅走一回:以新兵的身份重新出发 / 253

86 "间谍"落网记 / 256

87 父母突然出现在军营:久违的亲情瞬间释放 / 260

88 爱的力量有多伟大 / 263

89 我很努力,但我很委屈 / 266

90 最后的军旅时光 / 268

91 临近退伍,我奉命搬回连队 / 272

92 我们连的众生相 / 275

93 连队没有女厕所 / 283

94 指导员给我下"战书" / 287

95 突然袭击:安全大检查! / 291

96 杀气腾腾的飞行训练现场 / 294

97 机场夜思 / 296

98　军人为谁而战　/　299

99　当那一天来临　/　301

100　向军旗告别　/　304

本篇（兼作整篇）结束语：说句心里话……　/　308

后记　/　310

/上篇/
应征入伍

【关键词】

※ 年满18岁的适龄青年报名参军，是宪法赋予公民应尽的责任和义务。

※ 世界上有很多国家逃避服兵役是违法的。

※ 好男儿当兵去，是这个时代满满正能量的事儿。

※ 社会对军营，尤其是对新兵连有一些负面的讹诈传讹，这是对军队正面形象的歪曲和损害。

※ 人民军队是威武之师、正义之师、文明之师。

※ 都说当兵苦。我想说：在该吃苦的年龄不吃苦，到了该享福的年龄就必定享不了福。

※ 百炼成钢。肩起行囊当兵去。

※ 开弓没有回头箭，前进的路上没有救兵。再苦再累从此以后自己打包扛起。

※ 忠于职守，不负重托，尽好义务，干出成绩。

01
站立成青松的姿态接受祖国的挑选

军队,是我热爱的。
军营,是我熟悉的。
军人,是我敬仰的。

我出生在军营。

从我记事起,我们家随着爸爸职务的变化,已经换了四个军营。直到今天,每每提起这四次搬家,妈妈还是心有余悸。最后一句话总是:好在那时候,部队的家也没有什么家什。

很小的时候,记忆就特别深刻。在我们家,通常情况下话语权都在爸爸。爸爸逻辑缜密,语言干练,表达准确。这是我对军人最初,也是最深刻的记忆。

对于我的妈妈,除了把我喂养得健健康康、白白胖胖,这世上其他的事情,貌似都与她无关。是当年争夺话语权失败留下的"后遗症"吗?反正妈妈至今也没有承认。

听姥姥说,妈妈的小名叫:"常有理"!

妈妈有时也为一些过日子的琐事与爸爸争执。争着争着，几乎每次都是以妈妈沉默而终结。可能是年龄大了，往日的"常有理"，而今，理儿也争得少了。

所以，家里的大事，还得要爸爸点头才会有下文。

好好大学不上，想着当兵去，这是大事儿。

既然是大事儿，就得想好理由说服爸爸。因为高考那会儿，爸爸曾建议我到部队去，去考军校。我没同意。

这回，大学都上两年了，想着去当兵，他会同意吗？

"凡是有可能发生的，都有发生的可能！"

我决定：直接提出想法，试试。反正，好男儿当兵去，正能量的事儿。

妈妈意料之中地反对。理由：万一去了哪个山旮旯，你这细皮嫩肉的受得了吗？

我给妈妈的理由用了点"手段"：国家对部队退伍的大学毕业生工作安置有政策倾斜。

对爸爸则要换个角度：大学生活过于平静，换个环境锻炼锻炼，重塑一下自己的"三观"，多吃点苦，为将来走向社会做准备。

没想到老军人摘下眼镜："哟嗬，出息了哈。好事呀！"

"好事呀"！简短三个字，我这心里的石头算是落地了，可接下来的谈话……我这里只讲重点：

"参军为国戍边是你的法定义务。"

"你出生在军人家庭，只能给军人家庭争光。"

"开弓没有回头箭。入伍后报喜不报忧。"

"带着目标去,带着荣誉回。"

这一夜……

2017年4月28日,我登录首都征兵网成功注册。以饱满的青春热情站立成青松的姿态,接受祖国的挑选。

02
手捧《应征入伍通知书》，我向校园告别

大学生报名参军不是新鲜事儿。

但在我们学校，当兵的事儿并不是很抢手。学生嘛，主要精力都放在学业上了。大三、大四的学姐学长们，早早地把精力放在考研或完成毕业论文上了，参军入伍是个"稀罕事"。

顺便说一句：我们学校的毕业生就业是很抢手的！

收到应征体检通知时，已是周五的下午5点多。

我的班主任李老师透过厚厚的眼镜边框，略显疑惑地问我："还真的就这么愉快地决定了？"

宿舍的室友们瞬间炸了锅：

"哥们儿，玩真格的啦？"

"你听说过新兵连有多苦吗？"

"部队是很难进的，体检很严格；但要撑不下去想出来，那可没门哦……"

"不爱国,没担当。"我指着室长"光头李","我可以这么认为吗?"

接下来,宿舍的另外5个人开始抽签争我的下铺床位了。

明早抽血。

消息当然是第一个以微信发给爸爸。

"先回家,有事情交代!"老军人的语气不容置辩。

又是交代。身体检查要是不合格,难不成你能交代成合格?

妈妈照例给我分享了一个位置。这是我最喜欢的一家专业做牛排的西餐厅。

爸爸因为工作下班晚的原因,一如既往地迟到。人没见着,声音先到:"空腹体检,学校没提要求吗?"

于是,一盘水果沙拉成了我们三个人的晚餐。

一向气宇轩昂、声如洪钟的老军人,最终啥也没有"交代"。正处于激动、兴奋中的我,不经意间发现了妈妈的眼圈红了又湿、湿了又红。

北京丰台医院。

后来才知道,这是丰台区人民武装部指定的征兵体检定点医院。

负责组织我们体检的是武装部的一名少校军官。医院的工作人员喊他"张参谋"。

张参谋个儿不高,但体格一级健壮。黝黑的脸上满是军人特有的气质。他手里拿着一摞资料在人群中穿梭。汗水湿透了军装,但军容依然严整。

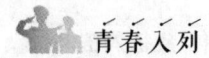

集合、点名、发体检表,"三点要求"……
体检按呼点姓名方式有序进行。

"你戴眼镜?你的眼睛近视多少度?"眼科的体检医师、一个很漂亮的阿姨有些担心地小声问我。

"左眼4.4,右眼4.5,符合大学生参军体检视力要求!"因为我担心的就是眼睛不合格,所以,提前把政策研究得透透的,"台词"自然也就准备得十分顺溜。

没想到漂亮阿姨冲我笑了笑:"你这倒是门儿清啊!"

(友情提示:在体检的过程中,想点法儿,制造一个轻松的氛围,有利于小毛病不被放大处理。)

测身高、量体重、五官检查测试、抽血、X线检查……一整天内外科十几个体检项目,每个科目都一丝不苟,每一关都有被淘汰的可能。

征兵体检在全封闭的状态下进行。

在经历近两个多月焦急的等待后,2017年9月8日,学校通知我"双审合格"(身体体检合格,政治审查合格)的当天中午,我收到了北京市征兵办公室印发的《应征入伍通知书》。

捧着红彤彤的《应征入伍通知书》,怀着满腔的青春热血和为国戍边、报效祖国的豪情,我向校园告别。

03
离家前的不眠之夜：我一瞬间长大

真的要出发了。

去往一个没有任何坐标信息的地方。

我想起了我用来当微信签名的一句话："纵使前路万丈深渊，我也要勇敢地前行！"我在心里默默告诫自己："以后，再大的困苦，咬牙自己扛，前进的道路上没有救兵。"

新兵起运时间：2017年9月11日早8点。

集合地点：丰台区人民武装部。

10日晚。

爸爸把大姨一家，还有来京小住的姥姥、姥爷，集聚在离我们家不远的昆玉河边一小旱船改造的餐厅为我送行。

第一次享受到"众星捧月"的待遇。身穿刚刚领到的崭新迷彩军服，我思绪万千。

这是离家前最后的晚餐。

席间，作为曾经拥有较长军旅经历的大姨夫、大姨情绪很是高

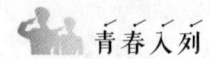

昂，差不多把几十年前各自新兵连的经历从头到尾带情节生动地述说了一遍，尤其是与老班长的关系、紧急集合等重要环节。我明白了，这字里行间是长辈对我的殷殷嘱咐，是一个老兵对新兵的善意提醒。

意犹未尽的万语千言。

回到家时，时针已经指向晚上10点40分。

妈妈开始边叮嘱边帮我整理出征的行囊。随行的军用品一次一次清点，换洗的衣衫叠了一层又一层。

我看着那两个鼓鼓的箱子笑着说："我又不是去军训，我是去当兵。带好部队发的东西就足够了。"于是两个箱子锐减成一个瘪瘪的战备袋，爸爸连连点头："这就对了，当年我当兵的时候，放下筷子给你爷爷奶奶说一声就上了解放车，部队什么都发。"

爸爸不断地重复："这是你自己选择的路，你要勇敢地坚持到底。"

这些已经重复了百十遍的提醒，对他们来说，每一次都好像是第一次。那么认真，那么郑重。

也许，他们并不知道，此刻的我，最关心的是爸爸那么强势，万一妈妈受委屈了，我不在家谁来哄；爸爸血压高，总是忘记吃药，妈妈就那么一个"粗心大萝卜"，她会记得督促和提醒吗？

北京。9月的夜，丝丝凉风催人眠。

我熄灭卧室的夜灯，借着楼下保安亭的光亮，注视着我收藏的变形金刚和汽车模型辗转反侧，久久、久久不能入睡。

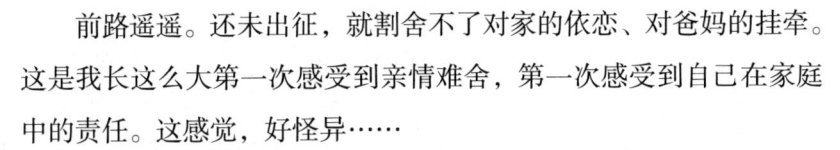

前路遥遥。还未出征,就割舍不了对家的依恋、对爸妈的挂牵。这是我长这么大第一次感受到亲情难舍,第一次感受到自己在家庭中的责任。这感觉,好怪异……

几乎就这么一瞬间,我感觉到自己长大了!

04
出征仪式

【链接】中国人民抗日战争纪念馆在北京卢沟桥畔落成,邓小平题写馆名。1937年7月7日夜,日军在卢沟桥附近演习时,借口一名士兵失踪,要求进入宛平县城搜查,遭到中国守军第29军严词拒绝,日军遂向中国守军开枪射击,炮轰宛平城。我第29军奋起反抗,这就是震惊中外的七七事变,又称卢沟桥事变。七七事变是日本帝国主义全面侵华战争的开始,也是中华民族进行全面抗战的起点。

中国人民抗日战争纪念馆在战争爆发的原址上组建。是中国唯一一座全面反映中国人民抗日战争历史的大型综合性专题纪念馆,是全国重要的爱国主义教育示范基地,也是北京市优秀的爱国主义教育基地。

丰台区人民政府、丰台区人民武装部把新兵送行的仪式和入伍前的爱国主义教育,安排在中国人民抗日战争纪念馆进行。

这是一座气势恢宏的现代化纪念馆。

我有意提前一小时到达,在卢沟桥上走了一个来回。

直觉告诉我:每一个军人的内心,最初播种的都是和平的种子;没有哪一个群体,有军人如此爱好和平。

卢沟桥上288根望柱，承载着80多年前那场血雨腥风的战争遗恨；望柱上288尊千疮百孔的石狮，见证了此后长达8年中华儿女众志成城、奋起阻击侵略者的血泪抗战史。

"落日卢沟桥上柳，送人几度出京华。"昔日繁荣、祥和的景象，随着宛平城隆隆的炮声瞬间化为乌有。

今天，我一身戎装，从这里经过，从这里出发。

10点整。

我们接到了集合的指令，向纪念馆的正大厅集结。

乌泱乌泱的送行人群。

你看看，陆、海、空军还有其他军种，各式迷彩军服在嘈杂的送行人群中格外耀眼。

你再看看，那与军服格格不入的、社会青年特有的各式方步，我的战友，你可知道前方的路程……

"丰台区2017年欢送新兵入伍大会"的巨幅会标，让会场变得肃穆庄严。

"全体都有，面向我，成四路纵队。集合！"

这声音，这气势。你要在会场，保证你和我们一样连大气儿都不敢出。刚才还欢声笑语、各种交头接耳，这一声"集合"，心脏都仿佛在凝固的空气中停止了跳动。

这是我军旅生活中接到的第一个口令。

下达口令的好像是一个"大官儿"，中校军衔。

此刻,他军姿整肃,目不斜视,一脸威严。

"向右看齐。向前看。向前对正。准备凳子,放!"

"拿凳子,重来!准备凳子,放!"

"腰杆挺直,抬头挺胸,双手放在膝盖上,目视前方!"

整个过程大概不到一分钟,三道口令,几句话,你再看这支新兵队伍。

……

这情景令我记忆犹新。仅仅分把钟的时间,把一支散漫的"游击队"变成整齐划一的正规军,他们是怎么做到如此胸有成竹的?

拥有这样军官的部队是一支什么样的部队?他们气吞山河的凛然正气从何而来?

这一刻,我明白:我已经不是"自由人"了。

05
军列西行,回望远去的家乡

崭新、舒适的"和谐号"高铁列车,以每小时310公里的速度,在广袤的华北平原向石家庄奔驰。

这是中国速度,是改革开放近半个世纪以来取得的伟大成就给国人分享的红利。

回望车窗外渐渐远去的家乡,我肩负出征的行囊和祖国的召唤,义无反顾地奔向火热的军营,那是我青春的战场。

北京城。这个中国历史上五代封建王朝(辽、金、元、明、清)的都城,曾经被称为"地球表面上,人类最伟大的个体工程",从将近3000年建城历史中走来,一路风雨一路歌。

北京,世界上常住人口最多的首都城市之一,千百年来庄严的皇城遗风,与世界一流现代化大都市的文明气息交相辉映,人类社会不同时期文明进步的符号,在这里珠联璧合。

2006年5月,我随爸爸的工作调动随军进京。

那年我9岁,上小学三年级。

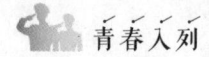

部队医院（爸爸的工作单位）与作战部队的军营有着很大的区别。在这里，你很少再能见到戴着钢盔、袖标和公文夹的卫兵纠察；也听不见起床、操课和熄灯的军号声，部队营门也基本是开放式的。也可能是在这样的环境中，慢慢地，我淡化了对军营的敬畏感。

这几年，我那喜欢快节奏的爸爸也渐渐开始了对老部队的怀念。

他经常给我和妈妈讲述他当年的故事。总记得还是他在师政治部当干事去连队任职指导员的时候，刚上任就恰逢老兵退伍。毫无基层经历的爸爸，根本不知道"老兵复退"是部队管理的"特殊"时期，天不怕地不怕、一身正气的爸爸与超假归队、三天后就要离队返乡的老兵发生管理冲突。

"觉得三天后就要离队是吧？告诉你们：在部队一天，军队的条令条例就会管理你们一天，如果你们这样松散下去，那你们七个人一个都别想离队！"

说是当天晚上，七个复退老兵集体到连部，向等候在那里的连长、指导员承认了错误，并做了深刻的检查。

此后，连队风气得到极大改善。爸爸任职三年，第一年集体嘉奖，后两年被所在单位表彰为"基层建设先进单位"。

那时，我还没有出生。

爸爸的故事，因为反复讲了多次，随着年龄的增长我开始慢慢感知到：军队是拥有铁的纪律、高度集中统一的大熔炉，在部队建设发展的过程中，从严治军永远是主旋律，任何与此背离的、非主流的侥幸都没有"市场"，也不可能占得了上风。但带兵干部知兵爱兵、以情带兵也是部队建设的基础和要求。

不经意间，我开始想到我即将到达的新兵连。坦率地讲：和其他新战友一样，我是多么希望那是一个充满挑战和友爱的集体。

列车在继续奔驰。

06
军营：我们列队行进，口号山响

中部战区空军把本年度入伍新兵组建为一个新兵训练旅，把训练重担交给了空军的某飞行学院。

该学院于1949年12月组建，有着与共和国同龄的耀人光环。

这里离北京也就200多公里，坐高铁也就个把小时。这对第一次独自离家出远门的我来说，因为距离近了，心里也就踏实了许多。

看着门口持枪的哨兵和营区深蓝色的大铁门，我有些紧张。这是威严的军营带给我的见面礼——前所未有的压迫感。

接站的车队浩浩荡荡开进营区大门时，刚好接近午餐的时间点。门岗执勤的哨兵长时间向车队、向我们致以隆重的军礼。

我们带上随行物品下车，边行进边好奇地打量着营区。营区很大，操场更大。

我的新兵连坐落在营区中段的一栋二层营房。干净整洁的营房，看上去还挺不错。

"面向我，四列横队集合！"接兵干部下达完简短口令后开始点名，确认所有人到齐后，他把名册交给了旁边站着的一个身材魁梧的中校，袖标上写着"营长"。接兵干部很严肃地对营长说："这批新兵我就交给你们了。"营长接过名册敬了个军礼说："辛苦了，放心吧。"

随后这位营长站到了队伍前，用厚重的声音下达着不容置疑的口令："都有，向右转，齐步走！"带领着新兵队伍雄赳赳气昂昂向连队方向行进。

前后不足百米路程，在营长的带领下，我们把"一、二、三、四"的口号喊得震天响。仿佛是在向营区里的所有官兵通告：我们来啦！

通往营区的道路两旁站着许多戴着"班长"袖标的军人，他们热烈地鼓着掌表示对我们的欢迎。这掌声，还有噼里啪啦的鞭炮声，是部队给予我们暖心的欢迎仪式。

铁打的营盘流水的兵。人民军队就是在这样循环补充新鲜血液的过程中，不断发展壮大，始终充满战无不胜的勃勃生机，履行保卫祖国安全、守护人民安宁的神圣使命。

我们来自人民。我们是人民的子弟兵。

07
新兵窘事

中午吃完红烧排骨、豆角炒肉、辣炒土豆丝,还啃了一块大西瓜后,我悬着的心算是沉下去了——部队的伙食是真的不错!吃不好、吃不饱的担心对我这个味觉高度敏感的"吃货"来说,已经成为过去时了。

在连队门前的训练场上,营长宣布了我们这一批 37 个来自北京新兵的分配命令。我被分配到新训旅三营八连一班。

我的班长是一个高个子的中士,河南人。后来听说这个班长是带新兵顶顶优秀的班长,上一届他带的新兵还上过《空军报》呢。

班长一言不发地跑过来,拎起我身边的行李,领着我进了连队。

连队的第一步就是点验,核对我们这些准军人的携带物品,确保我们身上不会有违禁品。

戴着"连长"和"指导员"袖标的两名军人站在连队大厅监督着这个环节。他们身旁有个专门放违禁品的桌子,上面有整条的香烟、打火机,还有一根甩棍。好家伙,这都是些什么选手……

上篇　应征入伍

刚到连队的这天下午，历经集结、告别、行军、点验各个环节，身心极度疲乏的我们，清一色懵懵懂懂、一头雾水。

深秋酷热的天气，我们一身的迷彩军服从里到外湿得透透的。

好在不断有新兵们离奇的窘事，从各个渠道在空气中弥散开来，使得我们在高度不适应的军营新环境中，获得了少许的放松和安歇。

新兵王涛，放下行李就直接去找连长要可乐，说自己从小到大只喝这一种饮料。好在连长是第二年带新兵的"老江湖"。忙碌中的连长连珠炮似的对他说："是吗？请拿上你配发的军用水壶，洗漱间左侧开水房。你会很快习惯开水的。"

来自北京郊县的新兵李捷，进班就十分自然大方地向班长请假："班长，请半天假呗，我女朋友悄悄跟过来啦。我去车站对她说几句话，吃完晚饭就回来。"班长一个眼神瞥过去："你干脆让你女朋友别走了，在附近租个房子住下吧！"李捷信以为真地反问："这个……可以有吗？"

八班有个新兵坚决不住上铺，理由是自己有"恐高症"。班长说："那你来住我的下铺，你当班长，我上去。"

新兵欧阳海全，知道班长官儿不大，直接找排长通融："排长，我有一个同学，他在三班，你能不能把他和我放在一个班？"排长说："需要住一张床吗？"

杨子浩，一米九的大个儿："班长，听说空军伙食好，咱们这食堂能不能天天有牛肉吃？我可是不吃别的肉啊！"

"回民？"班长问。

"那倒不是，个人习惯。"

"你会习惯的！"班长说，"我也想天天吃牛肉，有劲！"

还有一个河南的新兵，入伍前听说部队吃喝穿着什么都不用花

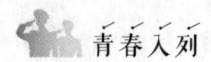

钱，每月还有"工资"，来部队居然一分钱都没带。连队集中组织购买牙膏牙刷肥皂等个人生活必需用品，他问连长："不是说部队什么都发吗？我一分钱都没有带"。因为新兵连有规定：带兵班长不允许和新兵有任何经济往来。无语又无奈的连长从自己兜儿里掏出200元："我先借给你，月底发津贴记得还我。"

最有趣儿的，必须是我们班半夜才到的广东兵曾剑威。这哥们儿居然从千里之外带来了一碗鸡汁泡面，他担心部队吃不饱饭就带着备用，哪天实在饿了顶不住时就泡上。我们后来给他取了一个外号"泡面哥"。

（注："泡面哥"带来的这碗泡面，最终在新兵连三个月也没能派上用场。新兵连结束的前一天晚上，班长提议把这碗面泡上。全班12个人，一人一口面、一口汤，战友情深，其乐融融。）

发生在新兵们身上的这些窘事，现在回想起来仍历历在目。它至少说明两个问题：社会对军营因为缺乏了解而存在误解；家庭对子女溺爱，基本的适应生活、生存能力教育培养缺失。

08
新兵连的第一个夜晚，我躺在床上悄悄流泪

班长把我领进班里时，先到的新战友都在午休。

"大家都起来吧，还有几分钟就吹起床哨啦。来新战友了，吴风港。大家帮他收拾收拾，以后都是兄弟。"班长说完，一溜烟儿又飞奔楼下接其他新战友了。

进门的一刹那，我被房间的环境惊呆了：不大的房间整齐摆放着六张军队特有的上下铺铁质床，房间仅有的一扇窗户，是那种带有颜色的单向玻璃，用以阻挡阳光的照射。我是第七个到的，相对方便起居的下铺床位已经被先到的战友抢先占领，我就选择了一个靠近门口的上铺，这还是我第一次住的离地这么高。

一个小个子河南籍新战友，两眼惺忪地主动与我搭讪，以先入为主的姿态指导我整理个人物品，并提示我一些简单的内务整理注意事项。他叫刘喜祥。

刘喜祥给予的无私帮助，在当时一筹莫展的环境下，无疑是一份巨大的抚慰。他最先让我体会到了来自陌生战友间协作友爱的温暖。

接下来的事儿,至今让我想起来依然不寒而栗:随着远处传来连队值班干部"整理内务"的指令下达,班里六个新战友不约而同地把床上的被子,铺在了地板上(注意:就是像学校教室走廊那种水泥地板),开始用配发的小马扎来回不停地反复按压,这叫"塑形"。

昔日娇生惯养的年轻小哥们,离开了父母的呵护,干起活来虽然笨拙,却是那么认真和卖力。

"你去门口走廊吧!"热情的刘喜祥对我说。房间最多也就容纳六个人同时作业。看这架势,我也没有别的选择,委屈地抱着被子就往门外走。几十米长的走廊密密麻麻地挤满了人,都撅着屁股埋头压被子,彼此相视无言,汗水顺着脸颊往下流,湿透了衣衫。

(注:部队发放的军用棉被质量一级棒,被芯是用上好的棉花充填。因为库存的原因,被子一打开,棉花受热蓬松显得格外"臃肿",不下功夫按压塑形,被子根本就没法叠,也就无法达到连队的内务要求。)

一向整洁、讲究的我强忍心头的怒火,心里一遍一遍地埋怨:怎么会这么疯狂!床上用的东西怎么可以放在地板上?晚上怎么用?怎么用!

但是,人有强大而被动的从众心理,何况在这样的境况下,根本没有人会在意你的内心变化和脸上的"颜色"。部队只讲高度的集中统一,没有耍性子的空间和市场。

一下午,近三个小时,我们就在地板上只做了这么一件无聊又无趣的事情,中间没有休息。直到开饭的哨音响起,才把我从万分苦痛中解救出来,我已经精疲力竭。

到了晚上，不知何故，连队居然没有组织我们洗澡！从早上 6 点离开家，折腾了一整天浑身胶黏的我，无可奈何地机械执行着熄灯睡觉的指令。

躺在近一米宽的硬板床上，整个房间没有一点光亮、听不见一点声响。

"这是什么鬼地方！怎么会这样？这以后的日子还怎么过？"我的眼泪情不自禁地夺眶而出。我想家，想我的席梦思小床，想爸爸妈妈，他们的身影不时地在我的眼前闪现。我不想被别人发现，使劲用双手捂住嘴，不让声音发出来。

路是自己选择的，再多的苦累，跪着我也要把它走完。我又在不断地鼓励自己：坚强起来，坚持住。也许明天就不是这样了，太阳每天都是新的！

09
剩饭桶里的馒头

干完体力活儿后的午饭是世界上最香的饭。

大家都是大小伙子,食量惊人但也十分挑剔,总有"眼高嘴低"的家伙干着找骂的事儿。

午饭后,我们并没有按照以往的路线,以班为单位整队带回宿舍休息,而是被副连长集合在了食堂门口。

指导员拿着一个"五颜六色"的馒头从食堂走出来,这个馒头一看就有故事。

"看来今天大家伙儿胃口不是很好啊,剩饭桶里居然还有没咬过的白馒头,有谁扔了白馒头,举手。"

一片沉寂……

"谁扔的?举起手来!"

还是一片沉寂。

"没关系,不敢站出来就算了,今天我给你留足面子。但是你们给我听仔细了,过去在家里你是孩子,父母宠着想怎么挑都没关系,但是你们现在已经是一名军人,军粮是我们千千万万的父母,一滴汗珠摔两半种出来的，你们这样糟蹋不心疼吗？在部队这是绝对不允许的。我刚入伍的时候只有粗面馒头吃，再看看你们现在的伙食。"指导员把手里的馒头在空中晃了晃："我希望你们记住，从今天开始决不允许任何人浪费粮食，馒头吃不完你就还回去，再有浪费粮食的，扔在哪里就从哪里捡回来、吃进去！"

指导员的话振聋发聩，因为今天中午我也浪费了半个馒头。

之后指导员做了一个令全场都震惊的举动，他将手里的馒头举起来大声说道："这是你们今天扔进剩饭桶里的馒头，我今天就用实际行动给你们上一次教育课。"说完，指导员就把那个"五颜六色"的馒头简单去皮清理后吃得一干二净。

这一幕带给我的冲击实在是太大了！我以为指导员会让我们所有新兵去把剩饭桶里的馒头捡起来吃掉，让我们长记性，可是正在发生的是指导员自己吃下了这从剩饭桶里捡起来的馒头，以此来教育和警示我们不要浪费粮食。

这种刚正而直接的改错方式我估计只有部队里的人才能做得出来。他的刚正让你刻骨铭心，他的直接直击你的心灵。

这也是部队给我们上的第一课。

10
第一次班务会：我在悄悄酝酿表现的机会

等到全部新兵到齐，是四五天以后的事儿。

这天晚上，连队召开了全连军人大会。先是指导员开展政治教育，半个小时满满正能量的教育灌输，就像给我们的身体注入了战斗的血液。连长在开训动员结束时问："大家有没有信心？"

"有！有！有！"我们豪气冲天。

按照连队的统一安排，军人大会后，以班为单位召开班务会。这是我们第一次正式的班务会。

平日里还算平和的班长，一进房间就习惯性地咳嗽了三声，清了清嗓门开始调整心态。他必须表现出自己有"统领三军"的霸气，这样才能确保今后三个月他发出的每一条指令，都能得到迅速而不打折扣的贯彻执行。

班长是新兵训练的中坚力量，也是训练任务能否圆满完成的关键。

我懂，也理解。

班长站在房间进门的位置："面向我，成两路纵队，坐下。"

"我叫牛广智，是你们的班长，以后就叫我班长。大家也自我介绍一下，彼此认识认识，以后大家都是兄弟。"

从坐下的这一刻开始，我就开始琢磨着，怎样的发言才能脱颖而出，才能引起班长和战友们的注意，让他们以最快的速度认可我。

"我叫江梦磊，来自安徽。"

"我叫周政宇，来自江苏。"

最令人捧腹的是那个"泡面哥"，他一口浓重的广东话，班长再三询问，最终大家也没有搞清楚他的名字是哪三个字，只晓得他来自广东梅州。

"报告，我发言。我个人表示对坚决完成新训任务充满信心，这个信心的前提是必须听从班长的号令，一切行动坚决服从班长的指挥。"

"吴风港同志的发言很好。大家可以放松点随便说。"班长指了指"泡面哥"，"你先来，还是最后说？"

气氛在欢笑中开始逐渐缓和。

"吴风港说得对，坚决听从班长的指挥。"

"对，坚决听从班长的指挥！"

没想到，我"小有心计"的发言赢得了大家的赞同，也使班长感到开心。

班长高兴的直接福利，是允许抽烟的同志抽了新兵连最后一支香烟。前提是："把门先给我关紧啦！"

班务会上，班长讲军营的基本规矩、内务标准要求、日常生活状态等，里里外外讲了很多很多，印象最深刻的一句话："既然我们是一班，就必须处处争第一，大家要有吃苦耐劳的心态和准备，不要因为你而拖了全班后腿。记住了：一人生病，全班吃药！"

11
这一夜，静得几乎听不到呼吸……

明天开训。

熄灯的号声一如既往地按时响起。

大家期待着即将到来的新兵训练生活，各自怀揣着自己的小心思沉沉地进入梦乡。

这一夜，静得几乎听不到呼吸……

本篇结束语：让青春不一样

年满18岁的公民，响应祖国的征召报名参军，是一件光荣的事情。

小时候随爸爸回安徽老家，爷爷家正屋的门头上悬挂有似乎永不褪色的"光荣军属"匾牌。这是国家给予军人家庭永久的荣誉。

地方政府每年都按照本地区平均收入，给予军人家庭相应的经济补助。

我们在作出报名参军的决定之前，总是会不同程度受到来自不同方向的阻力，主要是家庭、是亲人。阻力的主要原因有两方面。

一是进入新时代，社会总体形势向好，上学、就业不再像以前那么困难，通过当兵来争取退伍就业，已经不是改变自己命运的首选渠道。

二是军队的特殊性，加之全民国防教育基础还在不断完善之中，导致社会对军营知之不多，一些来自不同方向、不经意的或是别有用心的诸如"老兵打新兵"等负面传讹，使得青年朋友轻易不敢去，家长不放心孩子去，这一定程度上削弱了广大适龄青年主动报名参军的热情。

我初入军营的真切感受是：入伍军营是正确的选择。相对于社会，军队纯洁、刚毅、作风顽强。抛开戍边报国的大话不说，精武强军的大环境，练兵为战的高强度、快节奏，能不断激发我们的血性，磨砺愈挫愈勇的斗志，使得自己始终处于冲锋的姿态。

这是难能可贵的一种积极的状态。

军队并不神秘。

报名参军吧。到部队去，把最美好的年华献给部队，部队会报以我们毕生引以为豪的、不可复制的精彩。

我想起了一首歌的歌词"让青春流点泪，让青春不一样"。

青春不只有诗和远方，还有家国和边防。

/ 中篇 /

我的新兵连

【关键词】

※ 新兵连是军人的摇篮。虽有苦有累也可能有泪,但留给我们的必定是童年般美好的记忆,从士兵到将军都一样。

※ 军人的一切规矩,包括气质和荣耀都是在这里植入的。因为成长所以漫长,因为收获所以短暂。

※ 战友亲如兄弟。高度集中统一、绝对服从、铁的纪律,使得大家如亲兄弟般集合在鲜红的军旗下斗志激昂。

※ 连队一百多人,地域、语系、性格等诸多方面不一样。悟性、包容和耐力是安全度过"兵之初"的重要经验。

※ 站军姿、踢正步、强体能,纵使累到"散架",也必须高昂起头颅向前向前向前。军歌就是这么唱的。

※ 初入军营洋相百出都是正常的事。领导批评、班长训几句要学着忍耐,千万不要耍性子,回过头来看都是满满的爱。

※ 十分想家想爸妈。反而也好,有空间反思这些年来自己因为叛逆,对家、对亲人造成的伤害。

※ 军歌唱起来,口号喊起来,我们的步伐多雄壮,信心满满走向练兵场。

12
开训首日，我们没能去训练场，却去了厨房

2017年9月18日，是我们新兵连开训的首日。

"九一八"，这个中国近代史上写满民族沉痛记忆的特殊日子。我相信，部队是有意而为之。

新兵开训是我们这群初入军营的新兵期待已久的事儿。新训旅全体官兵都将身着整齐的迷彩服，扛上钢枪以高昂的斗志迈向训练场。

"大胖，几点了？是不是睡过了？"

"4点半，还早呢，你也睡不着了？"

"可不嘛，今天就正式训练了，据说之前练的和正式训练比都是小打小闹，我有点虚……"

"谁不是啊！"小胖3点多就把我叫醒问时间了。

小胖一个翻身，我伸头一瞧，俩眼珠子借着窗外的星光直发亮，看样子是完全醒了。

"嘘，小点声儿，别把班长吵醒了。"刘喜祥压着嗓子提醒我们。江梦磊和方哥在一边小声应和。看来这一屋子人没睡着几个，只有广东仔的呼噜声照旧有节奏地"起伏"着。

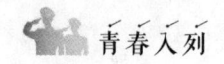

我们从来没有如此期盼起床的哨声响起。

起床哨在5点半准时响起。新兵蛋子们动若脱兔,叠被、洗漱、上厕所,各种操作一气呵成。回屋一看表,用时10分30秒,打破了入伍以来最快纪录。不仅如此,吃饭也如同推土机一般,三下五除二解决"战斗"。这是我们最高的"战备"状态。

戴好军帽整着装,红旗招展赴沙场。像军人一样训练,像军人一样战斗才是我来这里的目的!

简短的开训动员后,连长照例下达了一个口令:"帮厨的留下。"

"一班,向右转,跑步走!"一句简短的口令,没等我们反应过来,我们已被班长带出了即将出发的队伍。

今天轮到我们班帮厨。

"服从命令听指挥"是军人铁的纪律,也是最基本的遵从。在今天这个庄严神圣的日子,我没能奔赴训练场,却"一、二、三、四……一、二、三——四"口号山响地向饭堂进发。

新兵没能参与隆重庄严的开训仪式,无疑是一个不可弥补的遗憾。

又一次,我深切地体会到"军人"的含义。纵使心里十分委屈、万分遗憾,但,这里是军营,我们是军人。

在班长的带领下,我们撸起袖子去和那400多个盘子"谈谈心、诉诉内心的委屈"。

从黄绿相间的消毒水中捞起一个个带着残羹和菜叶的盘子,心中小声抱怨一下再把它擦干净交给后面的战友,如此往复,流水式操作,直到防空警报响彻营区,扬声器里传来旅长"开训!"的命令,

中篇　我的新兵连

几十个战友才停下了手中的活，我们看着手中的盘子，心中有说不出的滋味。

班长看出了我们的心思："傻愣愣的干什么呢，赶紧干活，等下还得去训练呢！"

一个战友小声地问："班长，不是说开训仪式很隆重吗？为什么这么隆重的日子我们得在这刷盘子啊？"

"因为你是军人，是军人就要服从，今天轮到谁刷谁就得刷，不然都不刷盘子中午怎么吃饭？饭不少吃事儿还不少。"

不情愿归不情愿，我们马力全开，拿出早上吃饭的劲儿把400多个盘子和碗"安排"得明明白白。

"搞定啦？"

"搞定啦，班长。"

"收拾一下，准备训练，连长在训练场等着我们呢。"

"是！"

虽然没有感受到开训仪式的震撼，但从今天开始我已经准备好啦。对！准备好啦，我们完成了刷盘子的任务，虽然没有参加开训仪式，但我坚信，从这一刻起，"服从命令听指挥"的军人天职已深深根植于我们的骨髓，为今后顺利完成各项训练任务奠定了基础。

军人就要服从命令听指挥，是这400多个盘子教给我们的，我们向真正的军人又迈出了坚实的一步。

训练场上"九一八，九一八"的男高音还在循环地唱着……

13
听信传言就是自己吓自己

去训练场的路上,我突然想起来当兵前我大学室友给我讲的"故事"。故事大意反正都是部队训练特别苦,也就比军训苦上一千多倍吧。

听完我有点慌,军训就很难受了,再苦上一千多倍那练的还是人吗?不过班长却说部队训练也没有那么夸张,咬咬牙是完全没有问题的。

马上就要开始真正的训练了,到底如何还得自己一探究竟。不过结合前几天"适应性"训练的情况来看,应该不至于练的人仰马翻,毕竟骡子才会被后面的车给撬起来,马是不会的。

到了训练场后熟悉的一幕出现了,大部队还是跟以前一样在站军姿。不是说开训了吗?咋还站军姿?

"基础不牢,地动山摇。以后每天上午的训练第一节操课统一站军姿,后两节课各班按下达的课目自行组织队列训练。"

连长的一番话打消了我们的疑虑,原来这正式训练也和上课一样,上午三节课中间还休息 15 分钟,这也太好了吧!好像也没有室友"故事"中说的那么惨嘛。

有动静！我赶紧收回远游万里的"灵魂"，没想到慢了一步，一只粗糙的手从一个刁钻的角度袭来，我来不及用力夹紧裤缝，我的手就打到旁边战友的手上……手一下就被班长扒拉开了。

"吴风港，军姿不会站了吗？"这语气我知道，每次倒霉挨练前班长都是这个语气。

我用尽全力大声回答："报告班长。会站！"

"让你说话了吗？把嘴给我闭上，下次别再让我逮着。"

我感受到了班长离开的脚步声，却再也不敢有一丁点的松懈，这次侥幸"死里逃生"，可不敢再有下次。

不过军姿哪有那么好站的，你千万不要以为只是这么简单站着，必须双腿紧紧靠拢并齐，双手中指紧贴裤缝，还要收腹挺胸，后脖颈紧贴衣领，下颌微收，双目平行注视前方，表情还得严肃，更重要的是腰杆和小腿必须"当家"（就是小腿必须得用够劲儿），军姿是有讲究的。

我感觉到站了一小时的时候，班长看了看表说："坚持住，这才站了30分钟，站没站相怎么当个好兵！"

听见了吧？才30分钟！怎么这30分钟就如此地久天长了呢！我感觉我的腿和胳膊已经准备"起义"了，渐渐地开始不听我的控制，但是想松不敢松啊，再被抓到偷懒，后果可想而知——50个俯卧撑，只能咬牙顶了。

"咚"一下，我感觉什么东西砸在了我背后，好在我全身紧绷纹丝不动，可是这触感，咋感觉像个人啊……

039

马上班长那熟悉的粗嗓门就到了:"就知道你小子偷懒,我就轻轻碰了下你后膝盖弯,你整个人就倒了!啥也别说了,出列,做50个俯卧撑!"

原来我感觉到的背后有个人是真实存在的。看着场外哼哧哼哧"锻炼体能"的兄弟,我后背一凉,赶忙把发抖的双腿夹紧,虽然这50个俯卧撑对我这健身达人根本就不叫事儿。

隐约地听到了班长在后面和二班长一起笑。后来我才知道这是班长的"隔山打牛",好在我经受住了考验,不然估计我也一起出列了。

异常刺耳的哨音响起,这代表着本节操课结束。有才艺的战友各显神通,给宝贵的15分钟休息时间带来了欢乐。

队列训练之前,班长严肃地、一本正经地下达着制式的报告词:"稍息,立正!目的:通过训练使同志们熟练掌握单个军人队列动作;地点,本训练场;方法,由我指挥大家统一操作。稍息,整理着装!"

就这该死的"整理着装"我们就做了三遍。班长说:"往后的训练上点心啊兄弟们,我不想练你们,别给我练你们的理由。"

和之前相比,正式操课时间长了些,但内容都是循序渐进。一上午只练习了稍息立正和跨立立正,内容不多但是每个动作都是精雕细琢,这就是为了让我们在兵之初就养成良好的队列素质。

只有在新兵连会一个动作反复地练习一上午,也只有你的新兵班长会不厌其烦地反复纠正你的每一个痼癖动作。

不要嫌它枯燥,玉不琢不成器,更别说是锻造军人的钢筋铁骨;也不用担心自己会坚持不住,班长总是会在我们快要坚持不住的时

中篇　我的新兵连

候，神奇地发出"停，放松一下"的口令。

这里没有不讲道理的蛮干，有的更多是纠正和激励。

下午，指导员集中进行思想政治教育。大家坐在树荫下听着指导员侃侃而谈，仿佛回到了学校。

到了晚上的体能课。跑步由一公里进阶为两公里，接着是单双杠基础训练。今天不少士兵掉队，大胖跑了两圈便气喘吁吁。眼看他离队伍越来越远，《士兵突击》中的那句"不抛弃，不放弃"就越是在我的耳边回荡，哪有放弃、抛弃自己战友的军人？

大胖不能掉队，我们一班也不能有人掉队。

我不管三七二十一脱离了行进的队伍，跑到大胖身边推着他跑，我也不知道这样回去会不会挨罚，但你要在现场，相信一定也会这样做的，罚不罚这都不重要了。

大胖咬牙跟上了队伍。班长突然跟进到我的身边，惊诧中不知道会有什么在等着我。

"下次先打报告。"

"是！"我激动地回答。

躺在床上慢慢回想着这正式训练的第一天，越想越觉得以前听信的传言有多么不靠谱，哪有那么吓人，都是自己吓唬自己。

送你一句话：挥泪洒汗洗娇气，脱皮掉肉铸金刚。每个人都可以完成训练，今天无人掉队。

14
"悲剧"来得太快，就像龙卷风

昨天还信心满满，今天一起床我就被全身的酸痛给疼"冷静了"。这该死的腿和手臂，让我像个机器人一样行动缓慢，穿好衣服，就像以前一样正准备稍微休息一下时，哨音响起了。

"2分钟后出操。"

我们以冲锋的速度在门口站好队。"这么快啊，以前……"还没等我在心中抱怨完，离刚才吹哨大约过去了10秒，又一声哨响。

集合了，说好的2分钟呢！

今天的早操我认为叫它"当头一棒"更为合适。三公里热个身，俯卧撑练练练，单双杠可劲拉，一套"体能三连"练得"人仰马翻"。用这全身酸痛的身体仓皇迎战实在是力不从心，就希望能让我休息5分钟喘口气。

早操结束开始打扫卫生，又是相同的"2分钟"后我们去吃了早饭，饭后实实在在地休息2分钟后直奔训练场，节奏快得如同侦探小说，让人应接不暇。对了，早餐绝对不要吃太多，不然武装带会系不上！

训练简直是事故现场，我们就像那"生机勃勃"的沼泽地，一

中篇　我的新兵连

个又一个地不断"冒泡"。班长的脸色由黄到紫，再由紫到黑。"今天完了！"这是我们班所有人此刻共同的想法。

回班后，果然，班里像被洗劫过一样，枕头毛巾被子满地都是，不知道是谁的牙刷插进了倒在地上的作战靴里，现场一片狼藉。

原来，副连长在上午训练的时候检查了内务、卫生，放置不好的直接扯掉，我们班这应该算全军覆没了。我们不敢收拾现场，只好齐刷刷地在班里站好，忐忑不安地等待班长裁决。

此时此地，班长上楼的脚步声格外清晰。

"训练不好好练，内务还来个全连最后，我看你们是不想好了，中午也别休息了，想明白怎么才能把内务整理好吧。"

班长内心的怒火正在升腾……

15
排头兵不好当

一个队列中排头兵的位置非常重要，排头兵的步幅、步速决定着队伍的行进距离和行进速度。

一般排头兵都是队列里个子最高的人来担任，所以我们班第一次站队，原本满脸愁容的江梦磊喜笑颜开地让出了一个身位，给了身高占明显优势的大胖一个眼神。大胖一脸茫然地走到了排头兵的位置上。

（我理解他的茫然，因为我刚"上位"的时候就是手足无措，不知道该先迈哪条腿。）

大胖肯定也深知其中的道理，他不时地用他那可怜的小眼神向后张望，意思已经很明确了，没办法，谁让自己最高呢，这可是谁也帮不上的忙。

熟悉的哨声响起，大胖犹豫了一下还是转头问我们："现在是不是应该下去了啊？班长不来我们也可以走吗？"

我们用点头回应。他如释重负，带着队伍就往楼下跑，身后的江梦磊一直小声地指挥着他。不过刚跑出楼，二班的口号声就响起来

中篇 我的新兵连

了，大胖估计是因为紧张忘记了喊口号这事儿，那份安静就像队列里的排头兵一样格外突出。

有了这次尴尬的经历，大胖对于站排头已经有了畏惧感。中午集合开饭的时候就想和江梦磊换位置，被他"义正词严"地拒绝了。

就别说江梦磊，就算往后再排几个我估计结果都一样。

然而，对于爱挑战的我，虽然身高算不上绝对优势，但也差不了一星半点儿，排头兵的位置我早有想法。我妈说过，机会来了要把握住，一定要主动。

我认为如果身高不是最高的人站在排头的话，至少说明两个问题：一是代表他是班里最明白的人；二是代表这个人在班里混得还不错。对喜欢出风头的我来说这次就是个机会。

可巧的是，身高全班最矮的刘喜祥好像和我的想法一样，他也想冲刺这个"高危"的岗位，当一次最矮的排头兵。正在我犹豫的时候他已经开口表达了自己的意愿，并一步步从队尾向排头走去，我仿佛已经看到了他那小小的个子带着一个班前进的威风样子，那一副无比突兀的画面却在我脑海中时刻闪烁着"优秀"的字样。

不行，我才是最优秀的那个，如此天赐良机岂能拱手送人！

我伸手一拦，把刘喜祥挡在身后，小有心机地说："没事儿，我去站排头吧，我站得还靠前点，万一要调整也方便。"于是，我就顺利站到了排头的位置上静静等待着哨响。

我带队集合，高出我半头的大胖和班里的兄弟按照大小个跟在我的后面，我拼命地高喊着"一二一，一二三四"的口号，准确带队到集合位置后，我感觉自己像骑着骏马在大草原上奔驰一样洒脱

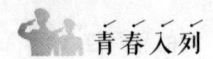

和自豪。一想到自己带队集合的样子,还真是有点喜不自禁呢。

熟知套路且不犯迷糊的我还是可以胜任排头兵这个角色的,可是心里还是有点打鼓,毕竟身高不够站排头,班长能同意吗……

思前想后,最终我还是在晚饭后主动给班长汇报了今天为什么是我站排头的前因后果。班长说:"那就你站吧,站不明白了再换。"

虽然只是往前站几个位置这么一件小事,但是我认为这是对我入伍一周以来表现的一次认可。机会来了要主动争取,站在前面的风景确实比看别人的后脑勺要光鲜很多。

16
我们的新兵连长

我们新兵连的连长叫唐元帅，空军少校军衔。

懂行的人一看这"两杠一"的军衔，就知道这不是一个连级指挥官，听排长说，《中国人民解放军军官军衔条例》规定少校军衔起步就是副营级。

连长身材虽不高，但挺拔、雄壮，皮肤黑黑的，留着和我们一样的新兵寸头，话不多，不像《士兵突击》里的高连长那样整天咋咋呼呼的，但目光投射到的地方鬼都会消失。

"你们到部队来，不是来当小媳妇儿受气的，只要你们做得没错，就没人可以欺负你们。我的兵，我可以训斥，别人说半句不好都不行！如果有人再敢欺负你们，只要你们没错，你就撑他，狠狠地撑，天塌下来我连长顶着！"

连长之所以这么说，还得把昨天下午发生的事交代一下。

昨天是周日，我们班和六班在六班长的带领下，临时出公差去清理营区一个垃圾场地的垃圾。面对比我们还要高的垃圾山，我们二十几个新兵一时间无从下手。

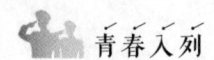

现场"指挥"的是驻守这个临时单位的一个中士,啥叫"中士"?入伍六年至八年的老兵才有可能成为中士,也就是说这个老兵至少在部队干了六年。

"老同志"明确完任务和完成标准,给我们简单比划了一下该怎么干,就把重担甩给我们袖手旁观了。

毕竟第一次收拾垃圾堆,大家都蹑手蹑脚的,而且那个味道实在是……

不一会儿,老兵就不耐烦地开骂了:"你看看你们几个新兵蛋子干的啥玩意儿,磨磨叽叽的,老子五年前都比你们干得利索。"

我们这些还没摸着头绪的新兵哪敢说话,低着头不自觉地加快了干活的速度。

"哥们儿,过分了吧,头两句没理你,你在和谁称老子呢?别在这蹬鼻子上脸。"是六班长的声音。

我们都惊呆了,没想到这口气,六班长会来替我们出!

"新兵蛋子骂两句怎么了?你管得着吗?"

"我是他们的班长怎么管不着?有你这样骂人的吗?给我的兵道歉!"

"你逗我呢?给这几个新兵蛋子道歉?"

身材高大的六班长撸起袖子就要上去干仗,我们生怕六班长冲动整出动静,把他紧紧围住。

"算了班长,没事的,我们干快点就是了。"

"没事的班长,我们听不见就是了。"

六班长以牙还牙地怒瞪着那个老兵:"欺负人是吧,老子不干了。

全体都有，集合，回连队！"

本以为这件事过去了，没想到晚饭后连长亲自吹哨，把我们一班和六班集合在连队俱乐部。此刻，他身边耷拉着脑袋站着那个骂我们的老兵。

"情况我已经了解了，给我的兵道歉！"

那一刻，我们连长爆发出强大到让人无法抗拒的气场，在这样的气场面前，那个上午还飞扬跋扈的老兵，给我们两个班的新兵道了歉。

仿佛电视剧里的剧情，让人不敢相信，此刻却真实地发生在我们面前。

连长轻描淡写地扔下一句"解散"，余怒未消地走回了连部，留给我们一个帅气刚毅的背影。

于是，晚点名的时候，连长当着全连的面，在简单通报完今天公差勤务完成情况后，就有了前面的"台词"。

如果选一个词来形容当时的感受，我会毫不犹豫地选择"颤抖"。那狂跳的心脏和滚烫的热血，让我全身忍不住地颤抖。

这就是部队！这就是我要的感觉！热血沸腾！

这就是我们的新兵连长。一个严厉又护犊子的大家长。

17
隔空拉歌，与兄弟连队一较高下

今天晚上的集合有点不一样，看完新闻联播后的集合不是三班长进来让我们抄教育笔记，而是平日里见得不多的十班长进来了。不仅如此，跟在十班长身后的指导员进屋就说："今天晚上咱们学习拉歌，拉歌必须整出气势，要让其他人隔着十万八千里就算看不到我们人，也能听到我们的声音！十班长入伍前是乐队主唱，你们好好学。"说到乐队，指导员特别高兴，双手还比划着打鼓的动作。

指导员一走，十班长就开始了他的教学："咋的？新闻不好看？一个个无精打采的，要不出去跑两圈提提神？"

此话一出，全连动作整齐划一，都一起摆出了标准的坐姿。

"哟，这就对了，唱歌就是要一个气势。"他眼神一扫，随后两指一伸，指向了坐在最后排左侧角落里的一个战友。

"曹荣，昨天晚上在厕所唱歌的是不是你？"

"啊班长，你咋知道的？我就小声哼哼了两句。"

"我咋知道的，我就在你旁边的坑上蹲着呢，啥也别说了，让战友们听听你的歌声，《团结就是力量》，开始吧。"

"我错了，班长，我唱歌走调。"

中篇　我的新兵连

十班长摇摇手指，显然他的求饶并不好使。

"团结就是力量，团结就是力量，这力量是铁，这力量是钢……"尽管他唱得撕心裂肺，但他那略带口音的烟酒嗓还是让本该严肃的场面瞬间破防，全连哄堂大笑。

正笑着连长走了进来："情绪不错，继续保持。"

大伙的笑声让曹荣脸上有点挂不住，他头都快埋进胸口了。

"曹荣，你觉得自己唱得咋样？"

"报告班长，唱得不好。"曹荣小声地回答着。

"我觉得你唱得非常好，拉歌就是得这么唱，哪怕咬字不清、哪怕撕心裂肺，也得拿出全部底气和气势压垮对手。大家懂了吧？"

全连高呼"懂了！"

"革命军人个个要牢记，三大纪律八项注意……"

不要误会，这不是我们的歌声，而是楼上七连传来的，看来他们今天也在练歌。

"听见七连的歌声了吗？你们觉得怎么样？"

一般般……就那样……声音不洪亮……大伙七嘴八舌地声讨着七连的歌声。

十班长见状嘴角微微上扬，随后说道："咱给他们打个样，让他们知道歌该咋唱，怎么样？"

所有人立即挺直腰杆，一百多双期待的眼神射向十班长，他露出满意的笑容。

"都清清嗓子！团结就是力量，一起唱！"

一百多号人撕心裂肺的歌声汇聚到一起仿佛要把营房震塌，毫

无疑问,我们的歌声盖过了七连的歌声。唱完后,大家不约而同地笑了起来。

可七连也不认输,他们重整旗鼓用相同的爆发力回敬我们,十班长见状让我们都掉头,向着七连楼梯口的方向坐着。

"兄弟们,今天就要给七连上一课,让他们知道谁才是老大,有没有信心!"

"有!有!有!"

"七连的,来一个!来一个,七连的!让你唱,你就唱,扭扭捏捏不像样!"

拉歌词就是我们的战书,一场隔空拉歌大战正式拉开序幕。你一首唱罢,我马上开唱。你唱到高潮,我鼓掌打乱你的节奏。你唱着唱着我突然开唱压过你的声音。两个连队隔着一层楼"唱"得不亦乐乎。最终,在我们连高超的拉歌技巧和洪亮的歌声中,七连败下阵来。

这天晚上的拉歌大战就此结束,每个人都深吸一口气,让涨红的脸和暴起的青筋冷静一下,我们每个人都喊到了缺氧,但每个人都笑得那样开心。

我感觉我整个后背都湿透了,一种莫名的归属感涌上心头。

这是我入伍以来最开心的一个夜晚。

18
我从家到这里，要坐 30 小时火车

"你家在广东，是坐飞机过来的吧？"

"不是，我是坐火车过来的。"

"那得多远啊，得跨越半个中国了吧。"

"很远，我从家到这里，要坐 30 小时火车。"

这是我和"广东仔"曾剑威的一段对话。中午我们都在压被子塑形，9 月的中午还是很热，尽管电风扇一直呼呼地吹着，但还是缓解不了一直压被子的躁动，我就偷了会儿懒，开始吹起了牛皮。

曾剑威算是班里家离部队最远的人了，他也是班里年龄最小的。2000 年出生的他高考完还没去大学报到就入伍了，就像上天给你打开了通往天堂的门，却让你在门外先玩两年密室逃脱一样。

其实我们新兵连还有很多这样的人，有的人高中都没上完，有的人已经有了两年的工作经历，也有考试考不好的，家里没人管的，甚至还有已经大学毕业的。就像毛爷爷说的那样："我们都是来自五湖四海，为了一个共同的革命目标，走到一起来了。"

广东仔为了心中对部队的那份热爱，自己离开家乡坐了 30 小

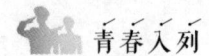

时火车跨越大半个中国来到部队。一个"00"后都如此勇敢,我还有什么理由不好好干?

相比他们,作为来自首都的大学生士兵,被称为"温室里的花朵",未经历风雨是我们的短板,但是"营养丰富"也是我们的长处。

没有谁比谁更能吃苦,无论是社会上的雨雪风霜还是成长路上的寒窗苦读,都将被部队这所"大熔炉"所熔炼,怕吃苦的将不怕吃苦,不怕吃苦的将会苦中寻乐。不卑不亢地看待自己,千万不要自命不凡但也不能妄自菲薄,因为大家都是第一次当兵。

看着广东仔那么认真地一遍一遍压着被子,不时把手抬起来擦汗,我没把中午其实可以偷会儿懒这件事儿告诉他,因为我决定以后不会再偷懒了。

每当想偷懒的时候我就想起今天和广东仔的对话,我就觉得自己没有任何理由不逼自己努力一把,因为比你我处境好的或差的战友都在努力争先创优,我可千万不能把自己的一手好牌打烂了。

19
耍小聪明玩套路在这里没有市场

睡得正香的时候被尿憋醒是一件感觉非常不好的事情。

这大半夜的我在床上挣扎了好几个反侧，实在是忍不住了，迷迷糊糊地爬起来去解决一下。

时间估计已过夜间12点了，楼道里一片漆黑。

我小心翼翼走着，正好遇到拿着手电筒查铺的连长。我马上给连长小声报告我上厕所，连长告诉我熄灯号已经吹过不能再开灯，就拿着手电筒把我送到了厕所，那时我心里全是温暖。

走进黑暗的厕所，一个小红点格外引人注目。

我一激灵定睛一看，哇！原来是有人在抽烟。我马上小声儿喊"班长好"，因为在新兵连只有班长可以抽烟。

"小点声儿哥们儿，别把人招来！"这回答给我整懵了，走近看清人脸后，我确定了这是四班的一个兄弟，他侧身躲在窗户边的角落，正享受着香烟带给他的愉悦。

"哥们儿，你这是在玩火，你让你们班长知道了够你喝一壶的。"

"你小点声儿，班长睡着了放心吧，你要不要来一根？"

我拒绝了他（当然我也不会抽烟）。那时我只想赶紧离开那里，不然被发现的话，说不定就稀里糊涂地被连带了。

从厕所出来，我发现连长一直在门外拿着手电筒等我。那一刻我心里特别感动但又有点愧疚。连长把我送到楼梯口就继续回去查铺。一想到厕所里吞云吐雾的兄弟，真是替他捏一把汗。

我只能帮你到这了。

第二天训练的时候，各班班长就挨个儿检查迷彩服的兜儿，我上衣兜里被翻出来两块巧克力，班长说："训练不让带东西，下不为例。"不过我隐隐约约听到了几声班长们在窃窃地议论，好像是从谁的上衣兜里搜出"货"了，不会是那个兄弟吧……

到了中午，全排在俱乐部集合。四个班都到齐后排长问话："你们当中是不是有人偷藏烟了？我知道是谁，主动站出来承认错误。"

（注：关于排长，在大家的意识里可能都是军官，可在我们新兵连，排长都是清一色由高职级士官担任。像我们排长就是来自某业务股的一名一级上士，和我们班长来自同一个单位。但在平时的日常生活和训练中，他们却是彼此尊重、相互支持的上下级关系。我不知道其他新兵训练单位是不是也这样。）

大家都沉默不语，过了一会儿排长又问："不说是吧，所有人蹲下，四班的王兵到前面来。"

（注：蹲姿通常是训练间隙适用于观摩场景的一种保持姿势。但在此时此刻多少有点儿挨罚的味道。）

心知肚明要挨练了，只求这个兄弟能好好承认错误，让大家少蹲一会儿。

中篇　我的新兵连

"你在纸巾包里面藏了两根烟,你以为我不知道吗?"排长严肃地质问王兵。

"报告排长:我没有,我不抽烟的。"

"还狡辩?昨天你在厕所待了10分钟,回来后身上的烟味你以为你们班长闻不到?你班长可是警卫兵,从来就没有睡死的时候。早上连长说厕所有烟头,我和几个班长一碰都没在厕所抽烟,我一猜就是你,今天一翻内务柜就从你纸巾包里找出来两根香烟,还有什么要说的吗?"

王兵瞬间慌了,赶紧说:"排长我错了,下次再也不敢了。"

"错要有认错的态度,要付出错的代价!你自己说怎么办!"

"排长,我自领俯卧撑50个行吗?别让大伙在这蹲着了。"

"不行,一人生病全体吃药。"还没等排长开口,从来不知道护犊子的四班长把一包新开的香烟给打开了,"喜欢抽烟是吧,今天给我抽个够,你什么时候把这一包烟抽完,你的兄弟们就可以起来了。开始吧。"

王兵也算是真男儿!也许是因为愧疚,直接就点着了三根烟放进嘴里,然后用力一口一口地吸着。香烟快速地燃烧,随后从鼻孔里呼出了一串长长的烟雾。如此往复三五次后,香烟很快就燃烧到烟蒂位置。他把烟蒂一起扔进下面盛满水的垃圾桶里,这只是三根,一包烟有二十根,蹲在最前面的我不敢直视他这疯狂的认错。

当他再次试图点燃第四轮三根香烟的时候,四班长把烟抢了回去:"你小子还来劲儿了,这烟我还得抽呢。"

王兵抬头,眼神不停地在四班长和蹲姿的我们之间扫视,也许是烟呛的,也许是求情,他红着眼睛,眼角带着泪痕,抬头委屈巴

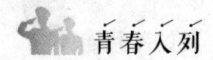

巴地看着四班长。

四班长又爱又恨地踢了他屁股一脚，大声呵斥道："是男人就说到做到，你以为你还是小孩吗？把你该负的责任给我扛起来。操场，俯卧撑50个！"

"呛，是吧？记住了，这就是纪律的味道！不守纪律耍小聪明必须付出代价，你这是第一次，我希望你永远不要再有第二次。2000字的检查明天给我。"

（需要说明的是：这不是电视剧，也不是小孩的游戏。如果你当时在场，也一定会相信王兵真的会把这一整包烟抽完，为了自己犯下的错误，或者是为了因他犯错一起挨罚的弟兄，抑或是别的……）

晚点名的时候连长说："有个别同志给班长玩套路耍小聪明，我告诉你们，不要再有这种想法，这里是部队，你们都将成为真正的军人，军人必须严守纪律，耍小聪明玩套路在这里没有市场。"

20
我确立的第一个目标

俗话说:"人无压力轻飘飘。"

新兵连的节奏快得让人找不到北,这样的环境谁还能"飘"起来?

但是,我从来都不是一个"耐得住寂寞"的人,总想整出点动静好引起大家的注意,让大家都看着我。

据可靠的地下情报:连队将在近期组织各班评选副班长。

就这样,竞选副班长被我确立为现阶段奋斗的目标!

要想能顺利实现这个目标,首先你得在训练、内务、学习上力压群雄,其次你得拉近和每一个战友的关系,最后你得搞定班长,通过表现得到班长的认可。

毕竟民主集中最后还是集中到班长那里一锤定音。

我与别人不同的地方,就是多了一个竞争对手,必须时时、事事、处处咬紧跟进并先行一步!

有了这样一个令人振奋又不太好实现的目标,我没有让自己"飘"起来的理由。我要趁别人还没发力的时候抢先一步表现,为

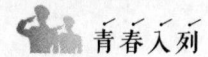

了心中目标的实现提前布局。

　　综合上学时竞选班长的经验，我的策略是：明修栈道，暗度陈仓。先不暴露自己的想法，只顾好好表现，提前一两天突然提出。这样有利于缺点不被对手放大，说不定表现好了还有人提名呢。

　　加油！

21
战友间的小矛盾开始初见端倪

因为小目标的确立，我对待学习、训练和内务的态度也在悄然发生变化。

不仅对自己的要求越来越严格，训练、内务标准越来越高，甚至还对班里的战友指手画脚。

心态上的变化潜移默化地影响着自身的一举一动和一言一行，时不时地会有咄咄逼人的事情发生，俨然自己已经当上了副班长……

班里的战友们都是一起来到部队，大家都是平起平坐的新兵蛋子，十八九岁的年龄血气方刚谁服谁？谁也不比谁差点什么。还没有当上副班长就以"副班长"的心态做着本该副班长做的事，这只会让你和战友间的关系逐渐产生裂痕，这不……

"方哥，你训练怎么老冒泡，害得大家和你一起挨批，能不能集中注意力好好练？有这么难吗？"

"就你厉害就你行，我就不信你以后没个犯错的时候，瞧不起谁呢！"

方哥今天的训练表现十分糟糕,平日里我不会有什么想法,但要竞选副班长的我决定"管管他",同时借此火力"侦察"一下我在大家心目中的位置。于是就有了刚才这段"拌嘴"。

其实我和大家的关系还是挺好的。可是,我自从确立小目标后,和大家逐渐就有了矛盾。今天因为训练和方哥拌嘴,前天因为内务和小胖"辩论",后天我还不知道会和谁"干仗"呢。

其实吧,也不光是我的心态发生了微妙的变化,毕竟大家相处了一段时间,彼此间谁性格刚些、谁性格柔些,谁爱争个死理儿等,熟悉了,也都了解个一二。

因为彼此间有了初步的了解,又不善于运筹锋芒,所以暗地里小矛盾开始渐渐浮出水面。最近两天,小胖时不时地在我面前说人家方哥的坏话,说这小子再这样"狂",等新兵连结束必须得"修理修理"。

背后的"小动作"我是极端反感的!

做人必须堂堂正正、光明磊落。

"吴风港,你最近状态有点不对,大家都是同年兵,我觉得你这样直接开撑实在不合适。"说话的是刘喜祥。这个小个子河南兵,说出口的话总是一针见血。

我反思自身:战友们来自五湖四海,每个人性格各异,习惯迥然,不能因为自己是来自首都的大学生就产生优越感,不经意间目光向下;更不能因为战友的失误一味地指责和埋怨,来部队第一天班长就说过:"从今天开始你们就是兄弟了,大家要互相尊重、相互帮助。"

是啊,战友之间就是应该互相帮助,哪怕当上副班长,不也更应该用自身的能力素质去帮助战友吗？这个初心可不能跑偏了。

　　这之后呢，我及时调整心态，状态正了，战友间的关系很快就重归于好了。但是我咋隐隐感觉在通往"副班长"的道路上，似乎有一双神秘的眼睛一直在注视着我呢……

22
我的竞争对手刘喜祥

刘喜祥是我记忆最深刻的战友。

他早我一天到部队,小小的个子配上刚理的光头,像一个机灵的小和尚,两只水灵灵的眼睛透露出一股"聪明劲儿",给人一种很可靠的感觉。

刘喜祥为人谦和,乐于助人。他帮助我熟悉全套整理内务的流程,衣服、床单和毛巾都是他手把手地教我怎么叠放的。因早我一天到的缘故,刚来那天他还主动告诉我很多"规则",在我茫然的时候主动和我接近,他的无私帮助让我对他一直心存感激。但最令我记忆深刻的,还是和他竞争"副班长"的那段时光。

别看刘喜祥个子小,显得像个小孩儿,实际上他比我还要大几个月,而且已经有了4年的社会工作经历,在心理年龄上恐怕甩出我们好几条街呢。

他情商很高,在练习原地转法的时候,他的动作率先得到班长认可,并让他在队列前示范。班长表扬他的时候,他立正报告:"都是班长教得好。"完事还不忘敬个军礼。

还有就是训练回来休息的时候,大家都一股脑儿地拿着自己的

中篇　我的新兵连

水壶去打水，只有他还想着把班长的水壶一起拿过去打水。我妈在我当兵前就告诫我要有眼色。这个我必须向他学习。

不仅情商高、有眼色，他还特别有耐心。刚到班里那会儿，我事无巨细都请教他，他也不遗余力地帮我。战友床单铺不平，他在；战友被子叠不好，他在；战友动作不规范，他还在。几乎每个人都很认可他，他也值得被认可。

这样的一个人也在竞争"副班长"，我争得过他吗？我心中不停地打鼓。

好在刘喜祥早早就公开了他竞选副班长的计划，并开始了私下里"拉票"。这点他比我强。

他强任他强，我有我锋芒！

如果因为"对手"强大就退缩，那我就不应该来当兵。刘喜祥很好，但我也不差啊！

我仔细分析了自身的优劣势。只有知道自己有哪些短板，才有动力去补齐；只有知道自己有哪些长处，才能建立起自己的信心，为日后的竞争打下好的基础。

我的优势就是我来自首都，相比于同年兵，见识要多些且擅于交往，而且我的政治素质、队列素质、身体素质和心理素质都占有优势。但是劣势也很明显，就是容易不经意间居高临下，让战友们有疏远感。

症结明确了，我迅速做出调整，劣势想办法改正，优势尽可能放大。只要让自己时刻充满力量、时刻全神贯注，才可能有机会"发光"。我深信，当你的"闪光点"在不断累积叠加时，你必将具有战无不胜的力量。

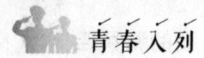

9月27日,副班长"竞选"以班务会的形式进行。

在个人总结陈词环节结束后,我充分利用自己擅长演讲的优势,以10∶1的绝对优势胜出,班长对于投票结果也很满意。两天后,在全连军人大会上,连长宣布了我任八连一班副班长的命令。

这是我人生第一个有"命令"的职务!

更令我感激的是,在我当选副班长后,面对班长赋予我的一些管理权力,我的这位竞争对手刘喜祥非但没有给我拆台使绊子,反而成了我得力的帮手。正应了那句话"互相补台,好戏连台"。

至今我都十分感激他给予我的帮助和鞭策。我在下连后每每回忆起新兵连的时光,都会情不自禁地想起我的这位竞争对手。

后来,为了纪念这段不平凡的经历和这个不平凡的刘喜祥,我还情真意切地专门为他写了篇小散文,题目就叫《想念"竞争对手"》。后来,这篇小短文在《解放军报》"长征"副刊发表。

这个副班长的"命令"、这篇小文章和这个刘喜祥都是我的骄傲。

23
副班长也是"官",新官不怕事儿大

这当了副班长以后就是不一样,打扫卫生我成了"监工",干得少不说吧,还能指挥这指挥那;出操班长不想带着跑了我就站到了班长的位置上,一个人带着一个班跑步好不嘚瑟。甚至有时候,班长训练的时候有事被叫走了,就由我来组织训练,那感觉好是威风啊。

也可能是我干得确实比较好的原因,班长给了我充分的信任和发挥的空间,班里十个人就这样天天被我安排得明明白白,我的自信心在这段日子里空前膨胀。

但是,大家肯定都听说过"物极必反"这个道理,自信虽好,可是自信心膨胀可是会伤害到身边的人。

又到了每周的内务突击检查时间,我终于从被检查者变成了检查的人,我把我的内务收拾到最好后就开始了我的第一次"履职"行动。

"小胖你这被子不行啊。"

"广东仔你这枕头放歪了,下次注意。"

"大胖你的床单不太平整啊,赶紧给我抹平了。"

我像模像样地检查着班里的内务，可能是我第一次检查的缘故，班里的气氛多少有些许"微妙"。

直到我走到方哥床前："方哥你……这被子也叠得太差了吧。"

"哪里差了？我觉得还挺好的啊。"

我给他指了指他的被子说："你看你这被子叠的啥啊，没面没角还有褶，现在时间还够，赶紧打开重新叠。"

方哥不服气说道："哪有你说的那样啊，我觉得我叠得没问题，马上开饭了我可不重新叠。"

方哥这一顶嘴，让自信心膨胀的我瞬间怒气"爆表"。我态度恶劣地对他说："让你叠你就叠，哪来的那么多废话！怎么着，我说话不好使是吗？"

方哥还是不服气地说："你不就副班长吗？班长都没让我们重叠过被子，你算老几啊？"

"叠不叠？！"

"不叠！"

"好，你不叠我帮你叠。"说完抬手就把他的被子扔在了地上，然后指着那一团被子说，"开饭前叠好，现在开始。"

方哥瞪了我一眼，十分不情愿地、委屈地服从着。

我原以为这段小插曲到这里就结束了，没想到我的"飞扬跋扈"被班长尽收眼底。

晚上熄灯后班长把我叫了出来，我心里祈祷"可别把我训得太狠"。

"我知道你今天早上这样做的目的，我认可你的想法，但是做任何事咱们还得讲个方法，你说对吧？"

中篇　我的新兵连

"是，班长，我知道错了，下次我一定改。"我在这一刻真的有点害怕班长会质问我这副班长还想不想干，我怕失去这个位置，我真的想干好。

"我没有怪你，方启胜的内务差就该纠正，但是，我可以那样，你，不可以，因为你们是同年兵，你不能对你的兄弟那样盛气凌人，弄不好会伤了战友之间的感情。"

班长的话令我惊讶不已。原来班长这是教我如何当好副班长，我心里的石头算是放下了。

"管理者和被管理者永远是有矛盾的，你必须去引导他们，你可以拿自己做示范，多去帮助少点指责，这样你也好开展工作。"

班长说得语重心长。

那一晚我有点失眠，我一直在琢磨班长说的话和说这些话时的表情，思考下一步该怎么更好地履行这个副班长的职责。

第二天，我主动和方哥握手言和，我主动把我的被子打开教他怎么样才能叠得更好。本来是给他一个人讲的，没想到班里的其他战友也都围了过来，大家你一言我一语纷纷拿出自己的"小窍门"，好不快乐。

是啊，当了"官"可不能双脚离地，我的职责可是协助班长，为我这些可爱的战友服务的。

24
没有手机的日子真难熬

好事情来了。

昨天我们班接到了一份"美差"：负责搬训练用的步枪。这可把我们给激动坏了，以前都是在电视上看到枪，这回终于可以看到真枪了，我们心中那满怀期待的小喜悦哦。

后来才知道，训练用的步枪和我们想象的可不是一回事儿。说是枪吧，其实就是橡胶做的枪模型，但内心还是难掩激动之情。我习惯性地翻裤兜，准备用手机把这一刻记录下来。

但我并没有找到那熟悉的手感。我们的手机早在两周以前就被密封进档案袋，锁进了连部的铁柜子里统一管理……这个是新兵连的"规定动作"，目的是防止"泄密"。

一瞬间，两周以来所有被严格训练淹没的失落涌上心头。爸爸妈妈还好吗？好想打个电话给他们问问好，告诉他们我当上了副班长的消息。特别是游戏也好久没打了，队友们的实力肯定甩开我一大截了……微信上的好友们最近都在忙啥？

唉，没有手机的日子真难过呀。

中篇　我的新兵连

周日，和以往不同，今天没有5：30起床，往后推了半小时，因为今天休息啦。

两周了，我们终于休息了。

休息的日子一切就好像按了慢放键，大家默默地享受这慢节奏带来的惬意，内心却有着小小的激动。

早饭后大家搬着小马扎坐在班里，谈天说地。但话没说三两句还是离不开游戏。一提起游戏，大家伙儿都来了兴致，越说越来劲，越说声音越大，直到班长进门后才有所收敛。

"我听说，你们中间有个王者？真的假的？吹牛罚跑10公里。"

我一听这话，有戏。说不定班长心情好能给用会儿手机呢！最终，我在与全班战友的全力竞争下夺得了这个"千载难逢"的机会。

班长决定和我打一把王者！

我接过手机的手一直在颤抖，这手感，这画面，好久不见啊。战友们一窝蜂围上来，就像过年一样。

班长贴心地把门关上，小声地说："都小点声儿哦。"

一局游戏结束，我恋恋不舍地把手机还给了班长。看着战友们那羡慕的小眼神，我承认：我爽到了。

"班长我也想玩！""班长我想给我妈打个电话可以吗？""班长……"

"都打住，吴凤港是因为他这周的三公里全班第一，这是给表现好的同志一个奖励，谁想玩啊，拿本事来换。"

"31，32，33！再来一个！"大胖的喘息声呼哧呼哧地传来。

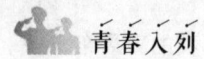

"大胖你干吗呢?"

"做俯卧撑啊,班长,我下周要是能把单杠拉上去,能给我用会儿手机吗?我想我妈了,想给她报个好。"

"没问题!谁能超越自己,谁就可以获得用手机的机会,每周一个人,你们自己看着办哦。"

这话一出可不得了,明明是休息日,全班战友都呼呼练起了体能。

班长摆出了"BOSS"的态势,惬意地坐在全班唯一的椅子上审视着我们,脸上挂着神秘的笑容……

25
上下铺之争

说出来不怕你们笑话。

来新兵连已经有一段时间了,我是真的不想睡在上铺,毕竟除了上下床麻烦以外,收拾内务叠被子什么的更是大大不方便。

每每看着那几个就比我早到几步,却能合理拥有舒适下铺的战友,我这小心脏啊就怦怦地乱跳。

这件困扰我好几天的自私小事,我已经利用站军姿的时间琢磨了很久,决定主动争取一下,看能不能改善一下自己的生活环境。

我的计划是这样:我要把军被叠得让所有人都服气,毕竟军被是床上最引人注目的东西,也是内务考评的主要内容。被子质量过硬了,多在全连受几次表扬,肯定就可以引起班长的注意,班长都认可了,嘿嘿……这事儿说不定就成了。

这个军被要想叠好,让我来告诉你:首先被子必须得压实了,只有压实了,这个被子才薄,薄了才好定形;其次就是舍得花时间和用力,双手合十用力夹被子的边,一直夹到被子光滑平整;最后再用手指把多余的棉花塞进角里,再用指甲划出平整的折痕。

如此反复，只要把这个被子的角抠出来，效果就出来了。

如果说军事训练是新兵第一要务，那整理内务就是新兵的第"一点五要务"。

所以，这个内务检查几乎每天都会有。我们的副连长一天到晚都在各班转悠，让所有人都不敢掉以轻心。

这次的内务检查有点不一样，这次是新训旅突击检查，而我的名字竟然因为被子质量好上了旅部门口的"光荣榜"。

红色的光荣榜上写着几个大字："八连一班吴风港被子质量高。"

也许机会真的来了。

果不其然，回到班里则是另一番景象，除了我的内务，我们班又一次全军覆没。"佛系小陈"连床单都飞到屋里的暖气片上了（这检查的人得是有多暴躁）……这光景，比上次全连排名倒数的那次检查还要惨。

班长站在屋里铁青着脸："你瞅瞅你们这一个个的，说是军人不脸红吗？有被抄家的军人吗？连个内务都整不明白还天天昂扬着要当个好兵，昂扬个屁！"

也许是班长今天心情很差，也许是小陈那个秃床板太过扎眼，班长指着小陈说："你算是一样也没整好啊，连床单都让人给扯了，这回洋相都出到旅里去了不是？你别在下铺给我丢人现眼了，和吴风港换个床铺，上去！"

就这样，小陈委屈地抱着他的被褥和我交换了床铺。

我的目标实现了，只是实现的方式和我想象的有点不太一样。

中篇 我的新兵连

自己还在纠结如何开口的时候，班长却替我做出了决定，让我如愿睡到了下铺，只是没想到小陈却挨了这么大的批。

明明完成了心愿为何却又高兴不起来？

因为班长说过全班是一个整体，一人生病全班吃药。所以小陈挨批就是我们一班挨批。这件事情我是有责任的，明明自身有能力去拉他一把，却因为自己的一些小想法迟迟没有出手。

后面的日子，我把我叠被子的方法都无私地教给了我的战友们，大家被子叠的质量也越来越高，我这个下铺也睡得逐渐安心了起来。

26
报喜不报忧，21天后我拨通了家里的电话

十一假期如约而至，谁说去了部队就没有休息？没有假期？啪啪啪打脸。我们指导员都张罗人把大电视支起来准备给我们放片看了。

以前在家里看《士兵突击》和现在在部队看《士兵突击》完全是两个感觉，看着许三多的唯唯诺诺就仿佛看到了自己。

9月底的晚上天气已经逐渐寒冷。我们把衣领抓紧互相紧贴着取暖，逐渐有人起身往宿舍走，他们不是不想看了，而是有更重要的事情要做。

今天晚上，连队有组织地安排大家给家里打电话。

部队干什么都是需要排队的。

我在队列中排第七个，而我已经迫不及待了。

轮到我时，我是三步并成两步地跑回宿舍，终于可以和家人联系了。我的心中被欢乐填满。

但是打电话也有打电话的纪律，在把电话交给我之前，班长表

中篇　我的新兵连

情严肃地和我约法三章："不可以说方言要说普通话；不可以透露和部队有关的一切信息，包括你的位置坐标；还有，报喜不报忧。"

"嘟、嘟……"仅仅两响之后电话就接通了，电话那头传来的是妈妈的声音。

"妈，是我。"

几秒沉默之后我妈直接就哭了。

她问我这是上哪儿去了？咋过了20多天才给家里打电话？后来我才知道，原来妈妈每天都在给我的手机打电话，每天如此。

而且她和我爸的手机几乎不离身，就连做饭、洗澡都会放在能听得到铃声的地方……

妈妈不断地询问我在部队过得怎么样、天气冷不冷、衣服够不够穿这类的家长里短，我说放心吧一切都好。

妈妈在电话那头哭得不成样子却突然被打断，随后听到的是爸爸的声音："小子，怎么样？部队的生活还适应不？和战友能处到一起去吗？"

我自信地回答："放心吧，老爸。虎父无犬子，也就比军训苦点累点吧，我没问题的，我在这边那可是'混'得明明白白呀。"

爸爸欣慰地笑着，从不爱啰唆的爸爸之后也和妈妈一样开始询问起"家长里短"，我们少有地互相"啰唆"着，彼此或实或虚地奉承着。这一刻我切实感受到了亲情的温暖，从前不屑一顾的"家长里短"现在听起来却句句灼心。

短暂的10分钟很快结束了。挂完电话我还是不争气地流下了眼泪。事实上我有很多的委屈和不适应没有和爸爸妈妈说。

077

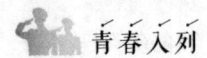

我没有告诉他们我曾经拔草把手指勒出过血,曾经练体能累得趴下起不来床,曾经喊口号喊到嗓子沙哑、说不出话,受到班长的批评有时也很委屈,这里的饭菜有时候并不合我的口味,因为是老旧营房厕所经常堵,上一次糟心的厕所只能碰碰运气,还有我很久都没有搓澡了……

因为我知道我可以独自承受和适应这一切,因为我不愿意让父母也感受到我的苦和累。如果他们知道了,他们一定会难过、会不放心。不仅仅是他们,我相信天下父母都是这样的。我不希望这样。

我不再是以前那个躲在爸爸妈妈身后的小孩了,我是一名军人,我必须坚强,只有这样才能保护我的亲人和祖国。

就像爸爸说的:"男人就应该在吃苦的年纪把苦都吃够,有泪要流的时候自己找个没人的地方流完!要把阳光和快乐带给关心你的亲人和朋友。"

这一刻,我懂得了报喜不报忧的真正含义。

27
军营中秋月

在训练场尽头摆放了两三天的木材边角废料到底是用来干吗的？这个问题，今天指导员给出了明确的答案。

是用于中秋篝火晚会点篝火的。

篝火晚会？

是那种载歌载舞、愉悦欢乐的晚会吗？不会吧，这里可是军营。

尽管点篝火的柴火都准备好了，但我还是将信将疑。比起载歌载舞的篝火晚会，我感觉大家围在一起坐得笔直看电视节目，可能更符合新兵连的画面。

我的顾虑很快就被"集中采购"这个"天籁"打消了。这是又可以买零食啦，肯定是晚上玩的时候享受的。这事靠谱！

我们在宿舍和零食狂欢的时候，班长问："咱们班有没有谁有啥才艺？"

大胖把嚼一半的萨其马囫囵咽了下去说："班长，我会做糖醋排骨。算不算？"

"去！一群吃货。"班长摇摇头，叹息着走了。

圆圆的中秋月如约升起。

它是那么清澈、明亮，月光里略带着丝丝寒意。

操场。

每个班围坐成一个小圈，圈里面放着几个黄色塑料盆，盆里面全是我们采购来的零食。全营四百多人围成几十个圈圈，那场景好不壮观。

"中秋节是团圆的节日。今天，我们虽然没和自己的亲人团聚，但是我们这个集体中的每一个人都是你的亲人！我们相聚在这里是更大的团圆，期待我们这个大家庭的每一个成员越来越优秀。同志们，拿起手中的饮料，干杯！"

教导员的讲话拉开了篝火晚会的序幕。随即篝火被四班长点燃。

熊熊篝火欢快地燃烧着，就像我们此时此刻的心情，快乐的心绪直冲云霄。

在这里，我们可以不用坐得那样笔直，我们可以边吃边玩边看节目。

"你看！八班那几个活宝上去跳舞了，还真有点意思！"

"你听！没想到他还会 B-box！"

"你快看九班的三句半，可把我乐死啦！"

"当你的秀发拂过我的钢枪，别怪我……"老班长的歌声完全不输一线明星。

教导员一套正宗的太极拳、几个警卫战士出身的班长展示的擒拿格斗"真功夫"，更是赢得阵阵叫好，好不热闹。

今夜这里是一片欢乐的海洋。

中篇　我的新兵连

不仅有自编自演的、自娱自乐的、热闹的节目，营长还带着教导员、连长、指导员提着蛋糕走了过来，为入伍之后过生日的十几个小"寿星"举办了一场集体生日。

四百多人同时为他们唱着生日歌。歌声里，有些人笑着，有些人哭了。

笑着的大口吃着蛋糕，哭了的被连长、指导员们一块蛋糕拍在脸上成了小花猫。平日里严肃的连长和指导员们，现在就像家长一样给这些寿星送去祝福。

别哭了，别哭了，我们都是你的亲人，多吃点蛋糕吧，吃饱了就不想家啦。

月亮是这样圆。它像一面镜子，映照着此刻不同心境的我们。

我们对着月亮敬礼，我希望把这个军礼通过月光折射到远方的爸爸妈妈那里：我们很好，你们不用担心！

零食的芳香就着饮料的清甜在欢乐的气氛中发酵。

我们忘却了队列训练的枯燥，忘却了体能训练的煎熬，忘却了班长的严厉，忘却了想家的忧伤。这充满人情友爱的篝火晚会像一枚穿甲弹，击穿了我们对部队所有的偏见，也像一罐强力胶，黏合了战友之间纯洁的情谊。

兵者，就是这样简单、纯净，这样容易满足。

临睡觉前，班长对讲机里传来营长的声音："各单位注意，明天起床时间推后半小时。"

081

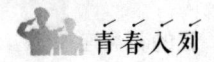

祥和温馨的中秋夜。
清澈宁静的中秋月。

我爱着这里的每一个亲人。
就像他们一样爱着我。

28
一封家书泪千行

古有诗云："烽火连三月，家书抵万金。"

我们这里虽然没有真正的烽火，但也已经无比接近了。这种高节奏、高强度训练带来的紧迫感，每天如影随形，着实令人想家。

掐指一算，距离上次指导员组织我们集体写信已经过去快一个月了。家里按说应该已经收到了，可奇怪的是到现在也没听说谁收到了回信。

就这样一直等，一天、两天、三天……我逐渐没有了兴致，这封可能还在路上奔波的家书，我可希望你千万别出啥意外呀。

随着训练的深入，我们每个人都已经渐渐适应，聪明一点的，甚至已经找到了苦中寻乐的诀窍。

但是无论怎么苦中作乐，我们的话题总是离不开家人，毕竟快乐是一时的，想家是无时无刻的。

下午体能训练以排为单位组织。

班长拉住我一脸神秘地说:"今天三公里你得给我跑个第一,跑第一了我有个好东西给你。嘿嘿。"

这叫啥话!那抢红旗争第一还需要提醒吗?我可是个上进的战士。

训练完回到班里坐在小马扎上,战友之间的话匣子又打开了。我很享受这种小小的幸福时光。

班长一进门就冲大伙儿说:"行啊,你们副班长今天三公里跑了个全排第一,给咱一班长脸了!"随后小心翼翼地从怀里拿出个信封递给我:"家里来信了。"

我不敢相信眼前的一幕!

我抬头想和班长确认一下现在是否可以看,班长用肯定的眼神给了我示意。

这封信是我妈写的,用的是单位的信纸。我猜肯定是她在单位收到我的信后就立即给我写的回信。

信笺上还有几个字模模糊糊的,像是被水滴过一样。

妈妈说家里一切都好,她和爸爸的身体也很好,从我走后,他们不争论、也不吵吵了,还说我是一个勇敢的孩子……

信里没有多少内容,我却仔仔细细看了不下十遍。这里的每一个字都是家,每一句话都流露着母爱亲情。

我仔细品味着,眼泪大颗大颗地往下掉,掉在信纸上的眼泪沾湿了上面的字,弄得它模模糊糊的……

战友们都安慰我,七嘴八舌地分享着我收到家信的喜悦。我不想因为我的情绪让他们受到"传染",毕竟想家实在是太容易引起共鸣的大概率事件。

我马上转移话题问班长:"班长,你第一次收到信的时候啥感觉呀?"

班长看了我们一眼:"那天是年三十,娘给我寄的信到了,和你刚才一样,我也哭了。"

29
王宇摔倒在训练场的前前后后

体能训练是我们新兵害怕却又喜欢的课目。

害怕的是体能训练是真的累；喜欢的是它不像队列训练那样枯燥、刻板、严肃，相对自由度稍大点儿。

每次体能训练，每个人都会使出吃奶的力气玩命挥洒，为的也是可以尽快达标或者优秀（这样就可以站在一旁看体能不行的兄弟洋相百出）。

单杠引体向上是一个比较难的课目，需要强大的臂力和肌肉协调发力做支撑，一般没有过健身经历，特别是稍胖点的人，一开始几乎都折腾不了几下，更甭提及格，还具有一定危险性。所以，我和另一名体格强健的战友，因早早过关被班长安排担任安全员，在每一个准备练习的战友身旁保护他们的安全，防止意外摔伤。

我一阵窃喜。因为今天我担任安全员，其实就意味着这次的体能训练可以变相"休息"了。

战友王宇，我们私下里叫他"笨熊"，其实也就比我稍稍胖那么一星半点儿，但他属于从来不锻炼的超级安乐享福型"少爷"。

中篇　我的新兵连

进入这个课目前,我就担心他闯不过这关,还曾向班长建议,或提前开小灶,或另行变通着"安排安排",毕竟体格体能的事是需要时间才能成长的。

班长瞪了我这个副班长一眼,十分给面儿没有吭声。

随着训练时间的推移,大多数兄弟都快精疲力竭的时候,意外发生了。

一见单杠就超级没信心的王宇,下杠的时候手腕脱力了,导致他的身体直接从半空中重重摔落在地上。虽然训练场是沙地,可这一下还是摔得不轻。他痛苦地捂住腰,倒在沙地上无法动弹。

我被现场的画面惊呆了!

我手足无措,想去扶他却又不敢随便下手。班长第一时间跑过来查看伤情。不一会儿,排长和连长就带着担架跑了过来,我们把他轻轻抬到担架上,送上了随时待命的救护车。

看着远去的救护车,我心里充满了内疚。我觉得作为安全员我没有尽到保护战友的责任,好在王宇只是腰部轻微受伤,很快就可以康复。事后班长对我进行了严肃的批评。

王宇在训练中意外受伤这件事,在全连上下引发了一场"小地震"。一些原本因身体素质难以过关的战友开始私底下发牢骚:为了完成大纲规定的训练任务和训练进度,不顾大家身体接受能力,这样高强度连续训练出事是迟早的事儿。更有个别"心怀鬼胎"的人在开始传谣,说王宇这下惨了,可能摔伤了脊柱,还有可能会瘫痪。

连队开始以班为单位组织训练安全隐患排查整顿。

087

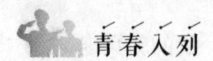

　　整顿结束后，连长在全连军人大会上宣布了保障训练安全的"七个注意"和"三个不准"，我印象最深的是：凡是入伍前肢体意外受过伤的、对某一课目有心理障碍（例如，恐高症什么的）或是在训练中有突发体力不支等情况，都必须即刻报告，及时另行人性化处理。

　　听说，因为这件事，连长、指导员还挨了批。

　　不过，在班务会上，班长有一句话我到现在都记忆犹新："作为安全员，你的职责就是保护战友的安全，你的战友把安全托付给你，你怎么敢辜负？如果你不把战友的安全当回事，在战场上谁又会把性命托付给你？"

　　那一天，我对"战友"两个字有了全新的认识。

30
新兵训练三个月

"吴风港！"

"到！"

"你已退出现役，从今天起你就不是军人了，你可以回家了。"

……

这是一个美妙的梦境，美到我把自己给笑醒了，哈喇子流了半个枕头。

看窗缝外透进夜的颜色，估计马上也该起床了。周围都是战友们的呼噜声。看着那熟悉的天花板，我意识到我还没走，而且今天只是来到新兵连的第10周，这才哪到哪。

我一个翻身，大腿和手臂传来火辣辣的疼痛。以前经常运动和坚持健身的我知道，这是身体在高负荷运动后自我修复的表现，但是这个痛感实在是让我咬牙切齿。

我就这样和这些酸痛做伴，一直等待着起床号的响起。

出了楼才发现，今天是一个阴天。阴冷的空气裹挟着小情绪环绕在我的四周，我拖着连起床都费劲的身体出早操，那感觉真是不

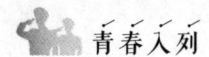

言而喻。可是相比早操,之后的打扫卫生更是苦不堪言,每一次的蹲起、弯腰都不断地刺激着我的痛处,就像你得了口腔溃疡却一直在吃辣椒一样。

身体的酸痛令我的心情十分低落。吃早饭没打到面条,也没喝到牛奶,甚至我们班每天都有的鸡蛋都没了。看着盘子里不合口味的饭菜,只能大口大口吃了,再不补充能量,怕是熬不过上午的训练了。

上午训练的每一次加速定位依旧令我十分痛苦,好在整体的训练还不错。训练结束后我甚至饭都不想吃了,我只想安静地睡上一觉,我今天的状态实在是太差了。

屋漏偏遇连阴雨。

中午又轮到我们班帮厨。蹲在那一大筐的餐具旁边,看着泡在水里满是油渍的餐盘,闻着菜汤味混合着消毒水的刺鼻气味,那一刻我感觉全世界都在针对我。

打扫完卫生,中午休息时间也随之结束。我抓住这一会儿的间隙趴在桌子上休息,从睁眼开始到现在,这还是第一次闲着。一想到下午还要练体能,而我的身体又这么不给力,心中默默骂了一句脏话后,爱谁谁吧,大不了我就假装受伤泡个病号。

如果这就是部队的话,我脑海里只有一个念头:"我想回家"。

下午天空终于放晴了,这么好的天气与下午训练取消这种大惊喜十分匹配!

班长拎着一个大塑料袋进来:"早上炊事班没给咱们班发鸡蛋,这是给咱们补的。等会儿连队还要开会,你们在班里先吃吧,别乱跑，谁添乱回来我和你'单聊'。"

这一塑料袋里有二十几个鸡蛋而且还是茶叶蛋，还配了一些豆沙饼！天哪，这仿佛是在做梦，本来低迷的情绪就这样被两个茶叶蛋和一个豆沙饼给激活了。

这短暂的休息让我美美补了一觉，直到哨音响起，我叹了口气："唉，美好生活总是这样短暂啊。"

然而让人大跌眼镜的事情还在后头，换上体能服准备练体能的我们却按照指挥员的指令，手拉手连成了三个圈。围圈干吗呢？玩耍猴的游戏！

指导员一声令下，战友们你追我赶，被抓到的"猴"就得站在圈子中间高歌一曲，广东仔因为嗓音实在是……过于奇特，被我们联手整了七八次，他的歌声让每一个人都笑到肚子疼，能忘掉肌肉酸痛的那种疼。

连长、指导员还有班长们禁不住也加入了我们，大家玩得不亦乐乎，用指导员的话讲就是"革命军人可不是板着个脸天天都练练练，我们这叫团结紧张、严肃活泼！"

晚上我们边学军歌边吹牛，这曲折的一天就这样在笑声中结束了，和上午相比真是天差地别。

躺在床上，尽管身体还在酸痛，可我已经不在意了。生活就是充满酸甜苦辣，自己要有适应生活的能力，哪能遇到一点点小挫折就想着退缩呢。一想到中午我还有回家不干了的想法，我羞愧得赶紧蒙上被子呼呼睡去。

"多大点事情，干就完了！"

31
再见战友,让我们相忘于江湖

上午的操课令人十分疲惫,下午的体能训练让本就很瘦弱的凡子有点吃不消,他在体能训练中就和班长回楼里了。谁也不知道他怎么了,只是训练结束带回的时候,隐隐约约看见他在指导员的宿舍里。

晚饭后我们在班里还是没有看到凡子的身影,这让大家伙儿不禁犯起了嘀咕,不会是受伤了吧?

正当大家迷惑的时候,班长快步走了进来,面无表情地说道:"你们觉得累不累?有没有受不住想回家的?"班长的一句话把我们问蒙了。大家沉默不语。

短暂的沉默换来班长的第二次问询:"有没有?都是男人爽快点。"这次我们依次回答没有!班长也不言语,扭头就准备下楼。

"班长,凡子呢?"

班长身子一顿,叹了口气说道:"他身体不舒服,没事儿。"

晚上我们都上床准备睡觉了,凡子终于回到了班里。可是熄灯

中篇　我的新兵连

哨已经吹过了，谁也不敢开口问他到底怎么了，大家都静静听着他小心翼翼进被窝的声音，有种说不出的可怜。

第二天一早，二班的宋浩榕借着擦楼道的机会贴上来问我："你们班凡子咋要回家了？啥情况啊？"

"谁说凡子要走？你哪来的消息？"

"我昨晚上厕所的时候听到指导员和他谈心呢。指导员说有困难尽力解决，要坚强，都是这样过来的。我听得真真切切，说过两天他爸妈还能来呢……好命的小子，我也想我爸妈了。"

"你可别谎报军情啊，凡子表现那么好他有啥理由回去啊？"

"你看好吧，就这两天的事，这小子八成要回家了，可惜咱意志太坚定了，不然我也想走，不说了赶紧干活。"

听完他的话，我手上的拖布有额外的一丝沉重，他这样走不就是逃兵了吗？……我内心还是不愿意接受这样的事情。

往后的两天，凡子都没有参加训练，我们只在带回的时候从指导员房间的缝隙看见过他。还有就是晚上睡觉时躺在床上听着凡子独自一人的窸窸窣窣，战友们心里都感受前段时间的流言不是假的。我们可能真的要失去一位战友了。

中午训练结束，我们在班里看到了在角落里抱着膝盖埋着头的凡子。

"生病了吗，凡子？这几天都没看见你。"刘喜祥率先开口。凡子没有回应，只是简单地摇了摇头。

班长进屋把战备包放到凡子面前："收拾一下个人物品，你爸妈下午就过来了。还有凡子，再好好看看我们一班的这些兄弟，你

093

真的舍得吗？苦也好累也罢，这么多兄弟一起扛着，你再认真考虑一下，现在还没到最后。"

凡子一直在收拾自己的东西，一句"我真的有点抑郁"是他给我们说的唯一的话。收拾完个人物品他就拎包出门了，大伙议论纷纷。

其实我是知道真相的。

前不久，凡子和我聊天的时候曾对我说，每到高强度的体能训练时，他的心脏就好像随时要蹦出体外似的，他担心自己会出事、会坚持不到最后、会失去这个得之不易的士兵荣耀……只不过我内心还是不愿意接受这样的事实，所以我也没有把这些话告诉战友们。

我多么希望他能重新回到我们班的队列中来。

第二天中午，我们在班里看到一个穿着便装的小伙在收拾床铺。我们还以为是凡子，没想到他一转头却是一张完全陌生的面孔。

"凡子因为身体原因已经回家了，这是新来的，他叫徐怀珠，徐怀珠你介绍一下自己！"班长说。

"我叫徐怀珠，从安徽阜阳来，完……完了。"

这个相貌英俊但是说话磕磕巴巴的小伙就是我们的新战友，他是个好人。他说的第二句话就是找班长借手机想给他爸转 500 元钱，这钱是离家前小伙伴们凑份子给他路上花销的。他说家里不富裕，反正在部队也用不着。

凡子真的回家了。他的联系方式也没给我们留下，我们也没主动去问，就这样安静地分别了。

既然分离，那就相忘于江湖吧。

前进的路上有阳光相伴也会有风雨随行。

因为年轻,所有的黑暗只不过是黎明前的黑暗。可是如果此时退缩了,不敢前进了,那黑暗将会在以后的日子如影随形。

凡子,我们一班会继续前进。

祝愿你回到家乡身体早日康复,一切都好,也希望你可以更加勇敢、更加优秀。

再会。

32
课目：实弹射击！

"走向打靶场高唱打靶歌，豪情壮志震山河……"

我们在一个太阳还没升起的早晨，全副武装地前往靶场，大家神情凝重却充满期待。行进的队伍不时传来口号声和歌声，唱得最响亮、次数最多的就是这首歌了。

今天的课目：实弹射击。

还没进入靶场，我们就已经闻到了一股硝烟味。这就是真子弹的味道吗？我爱死它了。

作为一名士兵，步枪就是我们的生命，是我们抵御敌人保家卫国的武器，只有熟练操作自己的武器，才能算一名合格的战士。

实弹射击是个危险的课目，而且对我们这群完全没接触过真枪的新兵蛋子来说，激动的心情和好奇心可能会铸成大错。

新兵连在进行实弹射击前的射击训练时也考虑到了这点，连队不仅利用上大课的形式给我们介绍了步枪的基本结构和射击原理，还专门组织了很长时间的射击姿势训练和实弹射击流程训练，为的就是既让我们掌握武器的操作方法打出好成绩，还能保证自身和战友的安全。

充分的训练让我们有了坚定的信心。

我们每个人都表现得训练有素。

"向射击地点前进!"连长一声令下,我们班的实弹射击训练正式开始。我一个匍匐趴到我的射击位置,将手中压满子弹的弹夹交给安全员班长,他确认无误后又交还给我,示意我继续。装弹匣、上膛、据枪瞄准一气呵成。

紧握着手中的钢枪,我仿佛拥有了全世界。

安全员班长拍拍我的肩膀叮嘱:"注意射击时的呼吸和节奏,把肩膀顶实枪托。"

"开始射击!"连长的口令一下,我们立刻就进入"战斗模式"。

很快有人开了第一枪,随后此起彼伏的枪声开始噼啪作响。我屏住呼吸、眼睛、准星、目标三点一线的时候我扣下了扳机。

意外发生了!

子弹并未射出,再扣动扳机还是没有动静。我的枪卡弹了!

我并没有慌张。因为连队在训练时专门组织了特情处置演练,我给安全员班长报告故障后,很快来了两名军械员将故障排除,训练继续。

"啪!"我打出了人生中的第一枚实弹。声音很响但是后坐力很小,我调整呼吸重新瞄准,约两秒后再开一枪,逐渐打出了节奏。

一个弹夹30发实弹的适应性射击,浓烈的火药味令我热血沸腾!

进入第二个弹夹的 10 发，这可是记成绩的关键 10 发。我全神贯注地按照射击节奏持续向目标输出。

打了七八发后我出现了耳鸣，我的世界只剩下我和我的枪。我感受到了枪的灵魂，感受到了枪的温度，感受到自身充满了国家的力量！我有信心消灭每一个敌人，我是一名真正的战士。

子弹很快就打完了，安全员班长拍拍我的肩膀，伸出右手抬了抬我的眼镜："小伙子打得不错，好好练，说不定将来是个神射手！"

班长说得对！我可能真是个"神射手"的好苗子。第一次射击我就全部上靶，并且打了 5 个 10 环、3 个 9 环、1 个 8 环和 1 个 7 环，成绩很不错，还受到连长的表扬。

实弹射击是新兵最期待的课目，历经实弹射击，我们每个人都仿佛受到了一次战火的洗礼。它就像一剂催化剂，仿佛一瞬间使我们快速成长为一名真正的、有军魂的战士。

我要感谢新兵连对实弹射击训练的严密组织，虽然枯燥，但是真切地让我们掌握到了武器的操作方法。正是这种疏而不漏的严谨训练，让我们有了克敌制胜的信心。

我相信"当那一天来临"，我们也可以像今天这样从容不迫地用手中的钢枪消灭来犯之敌。

回营区的路上，《打靶归来》唱了一路，每个人脸上都洒满快乐的阳光。

"日落西山红霞飞，战士打靶把营归、把营归……"

33
由某某受到连长表扬想到的

在部队，你能想到受表扬的方式多到数不胜数。

比如，最常见的训练好啊、内务好啊，还有比较少见的长得高啊、比较机灵啊，还有更奇葩的刷厕所刷得干净啊之类的，但这个受表扬的理由你肯定没听过。

打小报告也能受表扬，你相信吗？

事情是这样的，七班战士王小磊在晚点名的时候受到连长表扬，理由是主动给连队反映他们班经常占用休息时间加练。

更惊人的事情还在后面。连长不光表扬了他，还表示以后各班都不允许占用休息时间加练，尤其是午休时间。

那天的晚点名我被震惊了。这样都行？

给连长打小报告不仅没挨批评竟然还受到表扬了，甚至连休息时间都被"保护"起来了。这种英勇的"自杀式"出风头，简直刷新了我的认知。

自那天开始我就十分关注王小磊的动向，毕竟因为这种事情被点名表扬，他们班长脸上咋挂得住啊，这回到班里门一关，可不得

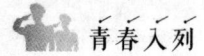

狠狠地一顿训啊。

可是事情好像在朝着更加离奇的方向发展。

我在和他们副班长的聊天中得知,我脑海里理所应当的那顿"语言暴力"并没有发生。

而且令我大跌眼镜的事情还在后面,七班长召开了一个临时小班会,他检讨了自身因为过于着急而占用大家休息时间的做法,并鼓励大家有话直说,及时纠正。

这童话故事般的结局,不符合我心目中的军队形象!

军队不就是应该思想高度统一吗?怎么还能有这种操作?

这个疑问不久后在指导员的教育课上得到了解决。

"最近,我听个别同志议论着怎么找碴儿,因为找碴儿也能受到表扬,大错特错。前段时间连长表扬这种行为的意思,是表扬他对于连队存在的问题可以及时上报,但是并不鼓励这样的越级上报。你有问题找班长,班长解决不了找排长,然后才是找连长和我。这样的越级上报下不为例,想找碴儿的更不用说了,决不轻饶。"

指导员的这番话让我思考良久。

不错,军队需要思想上的高度集中统一,因为只有思想高度统一才有强大的凝聚力,从而形成无坚不摧的战斗力。但是高度统一不代表什么都要盲从,如果明知道是错的也要说是对的,那战车就会驶向错误的方向,战机就会轰炸错误的目标,战舰就会停靠在错误的码头。

我们每名战士都是钢铁方阵中的一员,但又不单单是其中的一员。我们高度服从命令,但是我们也有质疑的权利。

中篇　我的新兵连

其实，王小磊的行为也算不上是打小报告吧，只能说他越过了班长直接向连队反映情况的行为不当。我受到了很多影视剧的影响，把军队想当然地当成了一个"铁桶"，认为凡是与上级不相符合的意见，都是无法进入这个"铁桶"里面的。

连长和七班长的应对为我澄清了认识。我认识到部队并非"铁桶"一个，它是包容的，而且是十分欢迎不同意见的。因为这样会促进集体的进步，对于战斗力的成长更加有利。但是前提是你的意见是正确的，对部队的建设和发展是有正面指导意义的。

相信如果王小磊越过班长找到连长，却只是单单为了发发牢骚的话，估计也就不会有今天的话题了。

34
与战友处好关系的学问

新兵连战友之间的关系,引用毛主席的话讲:我们都是来自五湖四海,为了一个共同的革命目标,走到一起来了。

既然战友们来自五湖四海,性格、喜好以及生活习惯就会有着天壤之别。如何处理好战友之间的关系是一门大学问。

写文章讲究思想至上,内容为主;处战友讲究真诚至上,宽容为主。但是战友间的相处光有真诚还是不够的。

比如说,我们班的广东仔,他是自己一个人独立生活了很久的孩子。在广东,他可以自己照顾自己的生活起居,可是缺少管教,所以非常自我。你看他刚来到新兵连的时候,第一时间不是想着收拾床铺赶紧休息,而是从他的战备包里拿出了他那桶珍藏了一路的泡面。

我到现在还会时常想起他用那委屈的小眼神看着班长问道:"班长,我有点饿,能去泡桶面吗?"

和他相处,最好的方法就是给予他自信和帮助,不要因为他容易情绪化就反感,这样的人往往好胜心都很强,互相看不惯就容易较劲，特别容易针尖对麦芒。

还有像刘喜祥这样经历过社会历练，内心比较成熟，而且知道自己想要什么的人也一样。

经验告诉我，如果是一个追求上进，而且又有很多想法的人，他将会是你的有力竞争者，因为你们思考的是同一个方向。

这时就得用到俗话说的"先下手为强"了。有想法就大胆说出来，不要唯唯诺诺；有了建议就放心提出来，不要蹑手蹑脚。你不说很快就会被你的对手抢了风头。真到那时，你就只剩下有捶胸顿足悔不当初的遗憾了。

最重要的是要善于挖掘自身比对手强的闪光点，说句实话，要不是当初我的口才比刘喜祥稍微好一点，思维稍微活泛一点，这个副班长还真不一定能竞选成功。

当然，如果是一个比较佛系又与世无争的人，这样的战友将会是你非常要好的朋友。因为他真的很热心，也很愿意奉献。

比如，像我们班方哥这样有点笨手笨脚的"性情中人"，他做事情很卖力也很认真，但就是有些时候迷迷糊糊不得要领。训练也好生活也罢，经常可以看到他憋得满脸通红或急得满头大汗。

这样的战友最好相处了，你只需要把姿态放低一点，说话柔和一点，遇到事情主动去帮他一点，他瞬间就会把你当亲兄弟。因为他迷糊的时候自己也很着急，可是他也很努力，所以他并不想被居高临下地指责，你在他迷糊的时候以兄弟的姿态拉他一把，那以后就真的是亲兄弟了。

这样的人，就算以后会有矛盾，也是来得快去得更快的那种。

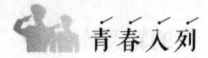

还有一种人，相信是令所有人都头痛的。

我们班有个兄弟自我感觉良好，天生自命不凡。和他第一次接触是在他刚来到新兵连后的第一次体能训练，他放出豪言："你们看我胳膊多粗，要是做俯卧撑的话你们都不是个儿。"

我主动请缨来了个班内友谊赛，最后我以一分钟45个拿下比赛。战友们对这位落败的"俯卧撑达人"报以很长一阵起哄式的笑声。

不过自那之后他就不主动和我说话了。通过思考我明白了：自我感觉良好的人都很要面子，而且都特别在意别人看他的目光，他可以心里承认别人的优秀，却总爱嘴上不饶人。

于是一次单杠训练的时候我敏锐捕捉到了他拉单杠的动作很标准，就主动询问他的心得技巧。效果那是相当到位呀，得到了认可的他迅速对你敞开心扉。自那之后我们亲如兄弟，我还"免费"学会了很多他自己苦思冥想得来的训练技巧。

对待这样的战友，就一个字：夸。夸能夸出一片天！

他渴望认可我们就给他认可，大家都是兄弟，何必吝啬你的赞美呢？更何况都在一个班里，每一个人都不差。

天下奇葩数不胜数，我们一个班十个八个人实在是无法全员覆盖，不过我建议遇到小气的不要计较他的小气，遇到爱吹牛的包容他的虚荣，遇到佛系的你就顺着他的意思走，要真的遇到横的……还是交给班长吧。

与战友处好关系难也不难，不难的是大家都要用一颗真心去待对方。一个班的战友就是战场上背靠背的兄弟，怎能不付出真心！

难的就是你无法让所有人都满意，但是留心自己说话的方式和对待战友的态度，能少踩很多"雷"。反正记住一句话："低调谦虚少打岔，训练谁牛谁老大。"

35
面对偏见挺直腰杆：城市兵怎么啦

其实我刚进新兵连的时候并不被看好。

当初自我介绍的时候一说到我来自北京，气氛就好像发生了微妙的变化。

因为城市兵给部队老兵的印象，就是那种吊儿郎当的样子，不仅细皮嫩肉贼娇气，还心比天高特傲气，一向是干啥啥不行、吃啥啥不剩的典范。

班长说："我去年带的新兵里，有来自上海的还有来自南京的，都是大城市来的。一个比一个难'伺候'，军事还老垫底，不知道你这北京小伙和他们一样不？"

有一次营士官长在训练场上检查训练，他就问我们班长："你们班哪个兵最牛？"

（营、连士官长主要职责：参与训练计划的拟制，负责士兵单兵训练和班级分队训练的组织实施等工作；战术训练和遂行作战、演习等重大军事任务中，充当营、连长的士官参谋；协助营、连首长具体组织士兵的日常教育和管理工作,抓好条令条例和各项规章制度落实,承办日常管理事务性工作;了解掌握士兵思想动态,协调解决士兵工作、生活中的困难。我们私底下称士官长为"兵王"。)

班长指着我说:"目前就那个兵还整得明白点。"

营士官长走到我面前上下打量了一下,看着一脸的疑惑问我班长:"就他?我有印象,不是北京来的那个吗?"

随后转向我问:"三公里跑第几啊?"

"报告士官长!三公里成绩13分21秒!排里第三,班里第一!"

"这成绩还没过优秀线啊,看来城市兵也就这样啊,还是一个耍嘴皮的。"

"报告!城市兵怎么了?城市兵该优秀一样优秀!"我不服气地还击。

"哟,挺倔啊,有性格!下午体能训练我也参加,咱俩比试比试?让我看看你有多优秀。呵呵。"士官长略带挑战性地发来战书。

"比就比,下午训练场见!"战书我收下了,训练场一决高下吧。

士官长走后班长拍着我肩膀说:"好小子有点血性,营士官长也没啥了不起的,中午好好休息,下午给他长长见识。"

"是!班长。"

训练场起跑线。

我们一个排都在等待一个神秘的选手,就是这个营士官长。从战友们围观的人数可以看出,这次三公里注定和往常不一样。

"小子，我不占你便宜，省得你说我胜之不武，你比我落后小于50米就算你赢咋样？"

"士官长，我可是憋着劲要和您较量一下，给城市兵正名，也给我自己正名的，您可别手软！"

"好小子，来吧！"

营士官长这个"兵王"还真不是白叫的。一开始就马力全开，那速度都快赶上我最后冲刺的速度了，一上来不到30秒就超过我至少10米，让我跟得十分费劲。

第一个一公里结束，我就跑得气喘吁吁，很快就要看不到营士官长的"尾灯"了，再这样下去甩的可就不是50米了。

不行！这可事关城市兵的形象。现在要是怂了，以后别指望有人能真正认可我。不就还剩两公里吗？多大点事儿，豁出去就是了！

虽然我斗志冲天，但奈何实力悬殊，营士官长的影子早就跑到50米开外了。

最后我以12分26秒的成绩冲过终点。虽然成绩优秀了，但是那闪电一般的营士官长最终还是没能追上。

我支着膝盖呼呼喘气，"第二，第三……"身后的战友一个个跑过终点，我的心情很复杂。

"这次算个平手吧，虽然你和我还有差距，但你确实是你们班最棒的，甚至在你们连也数一数二。北京兵，了不起！"说完营士官长给了我一个点赞的大拇指。

优秀就是优秀，部队里讲的就是用实力说话。面对偏见最好的办法就是刻苦训练，用实力回应偏见，在这点上没有其他选项。

36
"一级战备"：让人兴奋的中期考核

中期考核就像是学校里的期中考试一样，对前一段时间的训练进行验收和总结，让每一个人都知道自己经过一段时间的训练，优点几何、不足又在哪里，从而有的放矢地完成好下一步的训练任务，提升训练效果。

当学生的时候，不是很善于学习的我最惧怕期中考试，但是现在当兵了我无比期待中期考核。见红旗就扛、见第一就争是刻进我生命里的符号。如果没有考核，如何名正言顺地扛红旗、争第一？

考核前的动员连长也叮嘱得十分奇葩："明天中期考核，所有人要控制住自己，不要过度兴奋，到你考核了给我把实力拿出来，但是不允许逞强、蛮干，各班班长做好考核保护工作。"

这就是我们的"战前动员"，根本不需要热血，因为我们早就已经"沸腾"了。

考核当天，我们穿上了作战靴，背上了子弹袋和训练枪，成"连横队"集合在连队楼前，随时等待出发。

每名战士都杀气腾腾，眼睛瞪得溜圆，仿佛马上就要开赴战场

一样。

"八连，前往训练场参加考核。"组织考核的参谋下达了考核的指令。

"八连都有！目标训练场，向右转，跑步走！"全连一百多号人跑得整齐划一，尘土飞扬。

"八连一排，体能训练场；二排，队列训练场；三排，食堂参加理论知识考核。"负责考核的参谋宣布完我们连队的对应考核课目后，中期考核正式开始。

我们一排考核体能项目很多：俯卧撑、仰卧起坐、单双杠、三公里……这巧碰的，我咋感觉我们这么悲催呢。

连长在考核开始前特意过来叮嘱："尽自己最大努力就可以了，千万不要受伤。跑三公里的时候，前两圈（一圈一公里）按照队形跑，副班长给我站到队伍前头去把速度带起来。那跑不动的几个给我站到队伍中间去，头两圈不允许掉队，最后一圈各凭本事。要的是你们所有人都达标！明白没？"

"明白！"

其实考核吧，也没啥大不了的，就是把班长换成另一个班长看着你练体能，拿出平时训练的水平就行。

但是要注意千万不要过于兴奋，三班有个哥们儿就是太兴奋了，结果做俯卧撑的时候前面做得太猛了，后面力气透支，成绩反而还没平时理想。

中篇　我的新兵连

跑三公里的时候，我们四个副班长在队伍前面把速度带得飞快，为的就是成绩不好的战友哪怕最后一圈没力气了，也可以跑出达标的成绩。大胖在队伍最中间显得格格不入，那喘息声就像一台拖拉机在你身边轰轰作响。

其实很多时候，你的紧张都是自己强加给自己的，看似自己慌得要死，实际一上跑道，马上变得游刃有余，只要平时功夫下得足，就不会惧怕什么考核啊、突击检查之类的事情。相反，这些考核检查，甚至变成了你展示自己的舞台，让更多的人认识到你的优秀。

这不，体能考核结果是我们所有人都达标了。连长大手一挥，小卖部见啦，兄弟们。冲呀！买就完了……

37
惊动全连的"午休事件"

在部队，尤其是新兵连，利用晚饭后的时间挤出个把小时，加班加点训练是常有的事。当然，这也无可厚非，毕竟这里是部队不是幼儿园。

可是，加班归加班，那时间和时机必须控制在一个合情合理的范围之内，超出这个范围，部队也是不允许的。

前不久，九班的兄弟就因为早操集结速度过慢，"加班"了。听说是某名士兵惹班长生气了。

按照"一人生病，全班吃药"的规则，他们从午饭后就一直在班里做俯卧撑练体能，如果做不动了（除了中间小憩）也不许起来，一直"加班"到下午起床哨响。

中午的这一次超高强度训练，使得他们班几乎每个人都双手脱力，在下午体能训练的时候，大部分人颤抖的双手连单杠都握不住。

看到九班单杠练习异常，连长赶紧过来问情况。再三询问之下，胆儿大的战士小李没憋住道出了真相……

连长听后十分生气，扔下一句"胡闹"就转身离去。

十分钟之后,急促的哨音响起,全连集合。

"今天我知道了一件非常不好的事情。中午,九班发生了占用新兵午休时间,惩罚性强化体能训练的事件,导致全班的战士无法正常进行下午的训练。这里对九班长点名批评,并在全连做检讨!"

"我们连队是一个团结的集体,不允许出现侵占新兵利益的事情,包括侵占新兵休息时间。每名班长骨干都应该本着以情带兵的原则,把每个新兵都当成自己兄弟去引导和帮助。连队搞训练排名也好,内务排名也罢,都是为了鼓励先进激励后进,不能把初衷搞偏了。如果成绩需要以消耗战友之间的兄弟情谊,甚至以战士们的健康和安全为代价,拿了成绩又怎样啊?九班长,现在由你来做检讨。"

"是!首先在这里要向我们班的新战友们道个歉,是班长太心急了,没有把握好尺度,对不起。我也是希望你们可以尽快成长为一个合格的军人。以后的训练和生活我会牢记连长的教导,决不让今天的事件再次发生。但是,我也要重申一点,不惩罚不代表不能加班,如果你们出现懈怠,我还是会及时帮你们'紧紧发条',千万不要把这次的事情当成'保护卡',提高自身素质才是硬道理。今后请大家看我表现吧!"

九班长的检讨赢得了在场所有人的掌声。九班所有人尽管刚加过班,但是班长还是他们心中最严厉也最亲切的班长。

我个人觉得九班长的检讨轻描淡写,但这件事情在连队影响很大。晚上指导员还组织了一次集体教育,之后还给班长骨干们专门开了一次骨干会,要求他们回班后召开班务会,举一反三。

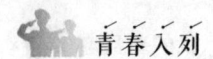

班务会上,班长真诚地对我们说:"我知道你们很累,但是部队就是吃苦的,不是享福的,尤其是新兵训练阶段。你们都是我的兄弟,我必须对你们负责,把你们带成最好的兵是我们做班长的责任。平时大家有受不了的时候,可以随时和我说,兄弟之间没有不能说的。"

这次惊动全连的占用新兵休息时间的"午休事件",仿佛给每个新兵都打上了强心剂。我们明白了班长那渴望我们成才的急切心情,也感受到了连长、指导员对我们如同家长一般的关心和爱护。在这样的部队里,不好好训练,都对不起这些为你不断付出的人。

38
"葡萄"成熟了

"明天开始练战术,你们有没有需要买护膝护肘的?有的话门口集合。"

"班长,啥是战术啊?"
"就是匍匐前进。"
"那个我会!"
"我当兵前还特意试过,简单!"
"要啥护具啊,我这身板练这些都是小意思!"
战友们鸡一嘴鸭一嘴地议论着,都展现出男子汉气概,决定"赤膊上阵"。

看着大家都这么信心十足,我也被忽悠得没买护具,不过我看班长那轻蔑又神秘的笑容,事情怕是没有这么简单。

匍匐前进分三种姿势,侧姿、高姿和低姿。根据我个人的经历,侧姿是三个姿势里稍微难一点的,但是熟练以后也是最快的,所以训练也着重练习侧姿。

一开始，大家还都嘻嘻哈哈，可是，当你练了一小时，两小时，三小时，一个上午，甚至一天都反复地练习一个姿势后，我对训练这两个字又有了"新"的理解。

这是一个艰难的过程。侧姿因为要一手持枪，所以都是固定一侧练习，而且想要速度快就得要腾空，这一上一下的，屁股就吃不消了。

疼痛和疲劳让我们对指令产生了麻木感。

看着草地上被我们用身体压出的一道道印迹，大家心里叫苦不迭。

"这就爬不动了？我当年入伍的时候还是冬季，练战术匍匐的时候都是在雪泥地里，爬的时候雪泥呼呼地从衣服领子往里溅，那叫一个透心凉。"

面对班长的嘲讽，我们实在是没有实力叫板。

一天的战术训练结束，我感觉身体的每一个关节都松动了，尤其屁股，我似乎已感觉不到它的存在。每一个人都累得丢了魂一样。看新闻的时候，坐在我旁边的兄弟就像睁眼睡着了一样，口水都顺着下巴往外流。

训练是艰难的，但是我们的斗志是高昂的。毕竟和枯燥的队列训练相比，战术匍匐还是新奇的。

三四天后，我们已经越发地得心应手。于是，有些"记仇"的兄弟不甘寂寞，打算找班长算前几天的"嘲讽账"。

一个眼神，一声令下，比赛开始！

老兵就是老兵啊，身手矫健，动作娴熟。赢了比赛还不忘继续发难："年轻人，我年轻的时候可是号称'贴地飞'，看你这细皮

中篇　我的新兵连

嫩肉的还是训练不够，再给我去爬五个来回！"

虽然这位好汉败下阵来，灰溜溜地躲开了，但是架不住我们人多啊！古有"三英战吕布"，今有"十英赛班长"。

只是我们这些好汉并没有想象中的强悍，甚至有点"葫芦娃救爷爷"的感觉，排着队地去领那五个来回。

我们的小比赛引起了连长的注意。连长得意地说："你们好好练，谁要是把你们班长赢了，这课目后面就不用练了！"

此话一出瞬间激起千层浪，不用班长发号施令，大家都自觉苦练战术匍匐，想与班长一较高下，连睡觉都保持着侧姿匍匐的姿势！

"预备，出发！"连长一声令下，每天必备的战场比武环节又开始了。

二班的路志城长得就像个猴子，往草地上一个侧姿腾空就四个字形容"身轻如燕"。然而和"贴地飞"的班长相比，还是力不能敌，尽管差距和一开始相比也就毫厘之间！

前面一直没怎么参与的我，其实一直在苦练（我比较喜欢闷声发大财），看看战况再掂量掂量自己的实力，我感觉时机到了，今天将是我们练战术匍匐的最后一天。

一顿迅猛如虎的操作过后，意料之中地拿下班长，瞬间叫好声此起彼伏。我高兴地边跳边喊："我赢了！以后不用练匍匐了，人棒了！"

连长笑眯眯地走过来，拍着我的肩膀："好小子，以后不用练匍匐了，可是你闲着也是闲着，这样吧，你去练正步吧，练好了说不定还能当个标兵呢。"

"连长别啊。我可喜欢练匍匐了,还是让我继续吧。"众人哄笑……我们始终是逃脱不了连长的套路。

晚上洗澡的时候,我看着大家一字排开的一个个从红色变成紫色的屁股,就像一串熟透了的葡萄。班长顶着一头洗发水意味深长地说:"这颜色就对了,你们算是练好战术匍匐了。"

39
手榴弹的威力有多大？

如果你要问我新兵连什么课目最危险，那我可以毫不犹豫地告诉你：不是实弹射击，是投掷手榴弹。

为什么这么说呢？

让我来带你了解一下手榴弹的威力。

我们投掷的 82 式手榴弹，是一种以杀伤战场人员为战术目的的手榴弹。一枚手榴弹里除了含有高能炸药以外，还装载着大约 1600 颗小钢珠，这些微小的钢珠可以在手榴弹爆炸后将半径 8 米范围内的人员打成"筛子"。再加上高能炸药爆炸所产生的强大威力，82 式手榴弹绝对是令敌人闻风丧胆的终结者。

它的威力可不光是令"敌人闻风丧胆的终结者"，也成了我们这些"新兵蛋子"的噩梦，原因就在于投掷手榴弹有一个"撤步引弹"的动作。听说以前这个扔手榴弹的课目，由于考虑安全因素都没有这个动作，是这两年为了满足实战要求特意增加的。

这是一把双刃剑！贴近实战的训练也带来了贴近实战的危险。

连队在组织实弹投掷安全教育时，连长就列举了去年的新兵连

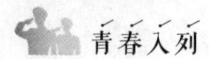

就有新兵因投掷脱手,导致手榴弹向反方向滑脱,幸好组织训练的干部反应迅速、扑救及时,消除了一次大概率可能会导致的人员伤亡事故隐患。

班长反复强调:"要点只有一个,拔掉安全插栓之后一定要握住引爆弹片,把手榴弹紧紧握在手里。如果你没握紧,弹片开了你却不知道,这个小玩意儿3秒之内就能带你去西天。"

光这一个动作,我们就反反复复地苦练了一周。不光练投弹,还要练特情处置。如果你脱手了,或者手榴弹没扔出防爆墙,担任安全员的连长会迅速拎着你纵身跃向避险坑道,这个时候你千万不能慌神,一定要快速跟进配合连长,因为如果你慌神,危险的不光是你一个,万一躲避不及时,连长会把你扑在他自己身下。

这是连长给我们的承诺。

考核当天,我作为一班的排头兵第一个上阵。实话实说,心中除了激动还是忍不住地会有惧怕。这可不是闹着玩的。

拿到手榴弹的一瞬间,我深深地知道:我的小命就和这枚小小的手榴弹紧紧连在了一起。

此时的我虽免不了有些许紧张,但我信心十足!我坚信自己可以完成任务。一个战士怎么可以惧怕自己手里的武器?

早就站在防爆墙后面的连长看到第一个考核的人是我,略带鼓励地笑着对我说:"你就不用我再提醒了吧?"

"放心吧,连长。保证完成任务。"

连长仔细检查了一遍手榴弹后,把引爆弹片对准我的食指交到了我的手里,那坚定的眼神就像是在叮嘱我说:"握紧了。"

中篇 我的新兵连

我手冒青筋地紧握手榴弹，拔掉安全插栓后熟练地开始撤步引弹。"扔"的命令一出，我用尽全力将手榴弹投掷出防爆墙后，迅速地俯身躲蹲在防爆墙后。

1……2……3……轰的一声巨响，手榴弹在防爆墙的另一侧爆炸。强大的冲击波猛烈地击打着防爆墙，躲在防爆墙后的我都能感觉到厚实的墙在颤抖，随后一股浓重的硝烟味弥漫开来。

这就是真实的战场的味道。

再提手榴弹的威力到底有多大，它大到可以杀伤成片的敌人，争取战场的主动，也可以大到消灭战士心中的恐惧，锻造真正的军人。

40
洋相百出的紧急集合

你们觉得三个月新兵连训练课目中,什么最让人魂牵梦萦,让你吃饭想、睡觉想、训练想、休息了还想呢?

这么让人欲罢不能的课目当属紧急集合了。

紧急集合就像一个磨人的"小妖精",你永远也不知道什么时候那急促的"紧急集合"哨声会突然响起。

这是每一个军人必须的课目,也是必将会终生铭记的经历!从士兵到将军都一样。

在学习完如何打背包后,班长说:"你们现在已经具备随时前往战场的能力,从现在开始要时刻具有敌情意识。"

"班长,啥是敌情意识呀?"

班长狡黠一笑,没有回答。

午饭后,疲惫的我们开始了幸福的午休。

大胖的呼噜声不到两分钟就响了起来,那声音就像催眠曲,大伙一个接一个地睡去。我睡意蒙眬地隐约听到班长说:"小兔崽子们睡得还挺香,我让你们睡……"

中篇　我的新兵连

一阵急促的哨声打破寂静。

"紧急集合!"班长靠在门边,对躺在床上一脸茫然的我们下着口令。

紧急集合?啥玩意儿?

紧急集合!我们几秒愣神后,就像触电一样迅速开始打背包、整理装具。一时间鞋袜满天飞,牙刷毛巾满地撒……

"哎,那是我的毛巾。"

"大胖起开,你踩着我胶鞋了。"

现场好不热闹。班长靠在门边一脸严肃地偷着乐。

面无表情的班长有意压低嗓门对慌乱中的我们说:"都给我快点,就你们这速度,我们早让敌人包饺子了!"

慌乱中有人以为自己齐活了,冲锋一样跑出门外;有些人则在"兵荒马乱"之间丢三落四,满屋里上蹿下跳地找。

闹剧一样的画面在班长的口令中停止。

我们站成一排让班长检查装具是否齐全。有些人作战靴没换,穿着拖鞋就出来了;还有些人,那背包打得稀碎,碰一下就撒落一地。

班长打趣说:"你这背包打得可以,后面的同志直接睡你这得了。"

这是我们以班为单位组织的第一次模拟紧急集合,可以说这"人生第一次"十分失败,尽管只是模拟。

班长强调:"我们是一个战斗分队,最后一个出来的人的时间,才是我们的成绩,不要各自为战。弄得快的帮帮慢的,互相检查

一下。而且正式的紧急集合是在晚上,不许开灯不许说话,平时物品放置的位置,都给我记牢了。"

后面练习就简单了。

我们逐渐得心应手。

紧急集合随时可能拉动。可能在你喝水的时候,可能在你洗衣服的时候,可能在你睡觉睡得正香的时候,甚至有可能在你蹲厕所蹲到一半的时候!

班长们拉动的时机无比精准,总是能让你体验到无与伦比的急迫感。

夜里,我偶然看见连长和班长骨干在连部"密谋"着什么。我就感觉,今晚肯定有大事要发生。

果不其然,紧急集合在半夜 12 点左右拉动了。

"嘟嘟嘟嘟嘟嘟嘟嘟……"

当困倦的睡意环绕在我们周身的时候,一阵短促而尖锐的哨声在漆黑的夜里突然响起。那特有的急促节律,带着铿锵的意志,随着流转的脉冲在楼内的每一个区间回荡。没有口令,没有任何声响,刺耳的哨音如电流一样刺激着我们每一个人的中枢神经。宿舍就像正在沸腾的锅,瞬间陷入有序的慌乱之中。

从睡梦中惊醒的我们,旋即启动紧急集合应对模式,凭着记忆在黑暗中收拾规定的携行装具,按照"三横两纵"的要求盲打背包,时不时有"叮叮咣咣"物品掉落地面的声音响起。

(注:"三横两纵"是军用被携行背包的规定打法。被子用制式背包绳按三横两纵要求捆绑打包、上肩携行,能有效防止被子在

124

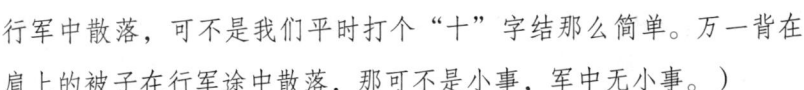

行军中散落,可不是我们平时打个"十"字结那么简单。万一背在肩上的被子在行军途中散落,那可不是小事,军中无小事。)

上铺的广东仔依旧鼾声如雷,被我"暴力"叫醒。看来,敌情意识还真得强化。

动作敏捷、作为副班长的我,在班里等最后一个人的背包上肩,带着他一起冲到集结地点。

黑暗中,全副武装的连长静止站立在队伍的正前方:

"以我的正面为坐标,10点钟方向有不明敌情,我连奉命出击,保持静默。向右转,跑步前进!"

这被压制着的、从嗓子深处发出的怪异的男低音,在冬天的夜里显得极为诡异。

没有值班排长整队,没有例行报告,三两句简短的命令,连长亲自带队,我们在寒风刺骨的黑夜肩负全部携行装备,向陌生的战场火速奔袭。

夜黑风急,鸦雀无声。

听不到"一二一"调整队伍行进节奏的口令,一个整建制连队的兵力全副武装,在深夜的林间小道上跑步急行。

不时有物品掉落地面,发出不和谐的刺耳声响……

尽管前期有课目训练做铺垫,但这从未见过的阵势,加之连长亲自带队,我敢说,此刻的我们也包括我,没有人怀疑"敌情"是假的,大家以临战的昂扬斗志,屏住呼吸奋勇前进。

实战的氛围是那样令人"心跳"!

两公里全副武装急行军后,我们惊魂未定地整建制回到了集结

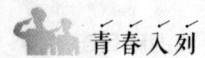

地点。没有敌情。没有战斗。我们经历的是一次有敌情的紧急拉动。

队列前,连长手里的手电筒突然亮了:"紧急集合课目训练到此结束。各班班长清点人数、检查携行装备。"

连队楼前的照明灯也随即亮起。

副连长骑在专门用于紧急集合散落物品收纳的三轮车上坐等。

有把牙缸跑掉的,有把背包跑散的,有把胶鞋跑丢一只的,有把毛巾跑飞的,有把军裤穿反的,还有抱着散开的被子归队的……

"装备不全的,由班长带往副连长处认领。训练结果明天讲评。明早推迟半小时起床。解散!"

不远处灯光下,连长和指导员好像在嘀咕着什么。

军人的战斗能力和战斗意志,就是这样磨炼出来的!

41
新兵训练，越是后期越紧张

新兵连的训练周期设置为三个月是有科学和实践意义的。

从一个社会青年成长为一名合格的军人，一言一行、一举一动，包括举手投足，甚至包括你的仪态、你的眼神、你的"三观"等一切，军人都有不一样的风采。这就是我们常说的：当过兵和没当过兵的人是不一样的！

这三个月，不光是军事素质的历练和养成，不光是特别能吃苦、特别能战斗军人风骨的培植，还有你的性情、你对待人生和生活的态度的培养。

就算你个人素质差点儿那也不要紧，我军漫长的实践已经有了丰富经验的累积。随着一个课目一个课目地推进，咬咬牙都会功到自然成；军人作风的养成、人格品性的磨砺，那得全靠自己的修为和悟性。而这恰恰是顶顶重要的功课。

其实，我特别欣赏和佩服我们连长、指导员还有老班长们。他们年龄都不大，30岁左右的心智特别成熟，站在我们面前就像一个长辈，浑身蕴含着一股子强大的号召力。

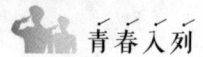

就像今天……

下午2点,全连组织大会操。

连长说,这是新兵连结束前组织的最后一次全连队列会操。目的是检验全连训练成效,为全旅新兵训练考核验收做准备。

出场顺序按建制班序列依次带出。会操内容:单个军人队列动作。

训练场上气氛凝重。

我们一班在班长洪亮的口号声中第一个出列,接受全连官兵的观摩检视。

都觉得新兵连的训练快要结束,心态也不像前几次绷得那么紧,动作做起来也就舒展很多。这有好处,但弄不好也会适得其反。十一班有名士兵,在最基础的齐步行进过程中,一出发就整"顺拐"了(顺拐就是同一侧的手脚在行进过程中运行方向一致)。这原本也是常有的事情,但在这样大的场合就显得格外扎眼。

我的第一反应:十一班完了。

果不其然,连长在会操讲评的时候为此大为光火:"……今天会操基础动作总体上不错,但整体精神状态松弛,战斗激情不高。是不是觉得新兵连的训练接近尾声,马上要下老连队?我要告诉你们的是,越是后期劲儿越不能松,战斗意志越不能减。今天个别同志出现的动作差错就是最好的证明。问题虽然出现在个别人身上,但根子在班长骨干对待组训的态度有所放松,治军不严,兵者大忌!晚上收看《新闻联播》后,听哨声全连训练场集合,一小时巩固训练。各班带回!"

中篇　我的新兵连

……

这哥们儿为了表达自己的愧疚，熄灯后自己在宿舍黑灯瞎火罚自己站了一小时的军姿。

他们副班长透露的。

此后的一个多星期，所有原本"8小时以外"的弹性安排全部终止，一切回归新兵连初期的管理模式，训练的强度可想而知。

我们一如既往斗志昂扬地、反复机械地重复着已经成为习惯的、丝毫没有新鲜感的队列动作。行进间的口号声一如既往震耳欲聋……

42
热门关切：分配去向

冬天来临。
新兵连的训练已进入收尾阶段。

华北平原的冬季出了名的干冷。可能是受太行山和燕山两大山脉气候影响，大风降温天气是家常便饭。唯有雪，却迟迟见不到踪影。
老班长们说：等下雪了，我们就该下老连队了。

可能今年例外，这才刚过12月中旬，零星的雨夹雪已经断断续续下了两天，可我们盼绿了眼的厚厚积雪，直到我们离开新兵连都没有出现。
是的，下雪了，我们就该下连队了。

说起来也怪异，从两天前指导员进行"正确对待新兵分配"专题政治教育后，全连上下气氛似乎变了。一向表情严肃的连队干部、班长骨干，脸上渐渐开始有些许轻松的笑容，战友之间也开始有了莫名的亲近，彼此间开始多了一些闲聊和关心，就连班长喊我们的名字时，不经意间时不时还不带姓直呼名字。

中篇　我的新兵连

要知道，这样的称谓在军营、在新兵连这样的环境里，是何等亲切。

大家的注意力慢慢地开始了向分配去向转移。

对我们新兵来说，其实就像我们指导员说的，"岗位没有贵贱之分，只有分工不同""革命战士一块砖，哪里需要哪里搬""强军伟业新征程，精武强能较高低"。我们对部队一无所知，何来的挑挑拣拣？只盼着新兵连能早一点结束，成为一个真正的军人前往自己的战位。

新兵分配是现阶段敏感的话题。

新兵们之间暗流涌动，而连队干部似乎在刻意淡化和回避，争当"新训尖兵"的正面灌输一如既往地在耳边回响，操课节奏也没有丝毫的放松。

连长在军人大会上曾若有所指地严肃训话：新兵分配原则是根据每个同志的现实表现和综合考核成绩统一分配，精武强军征程上没有岗位的贵贱，大家要以平常心正确对待，只因为，这里是军队。

连长最后还来了句硬核："谁要敢轻举妄动，军纪处置！"

其实，新兵分配这事儿还真像我们连长讲的，一个连队百十号人，谁有什么优缺点，哪个同志适合什么岗位，作为主官他们心里门儿清。在全军练兵备战的大环境下，某些岗位你要真的不是那块料还真不行。不过，假如你真的有才华没有被发现，那还真的得早点说，因为有些特殊岗位需要特殊的人才，这个时候连队推荐就派上用场了。

我猜想是这样子的。

131

43
成为战士的最后一道坎儿

最近几天，我们都习惯性地提前醒一会儿，瞪圆着眼睛迎接起床哨声响起。

意外的是，今天 5 点 20 分，比起床哨声先响起的是急促的紧急集合哨音。

紧急集合不是搞过了吗？

我们全副武装地冲出营房后，发现情况好像不太对，这似乎不是一次简单的集合，因为整个新训旅都在紧急集结。到处都是靴子砸向地面的脚步声和响亮的整队声，整个军营似乎都在颤动，仿佛有什么大事要发生。

连长全副武装，站在训练场上杀气腾腾地要求我们快点、再快点！每一个人都从睡眼惺忪中快速清醒。

不一会儿，七、九、十，三个连队，也从两个方向向训练场集结，整个三营集结完毕。营长在整队的时候一营、二营、四营也从三个方向往训练场集中，从哨音响起到全旅集结完毕，前后也就十几分钟。

中篇　我的新兵连

和我们一样全副武装的旅长站在指挥位置："拉练正式开始，各连队按预定方案依次向战区挺进，出发！"

天还没放亮，我们踏上了新训旅为我们设计的第一次带实战背景的紧急出动。

多数人神情凝重如临大敌，也有个别神情轻松地仿佛出游一样。

"前方发现敌情，全连全速前进！"

连长一声令下，整个连队开始飞奔，神情高度紧张的我看着前方战友的背包，握着手中的枪，听着周围急促的喘息声，我想到了《拯救大兵瑞恩》里诺曼底登陆的场景，此刻的我们就是奔赴战场。

"前方发现不明烟雾，戴防毒面具！"

我们在跑步行进中迅速拿出防毒面具戴好，这是一个不容易的事情。平时没有刻苦训练的笨蛋就无法在奔跑中安全佩戴防毒面具，结果就是这些平时训练不刻苦的家伙，被班长严厉训斥之后掉到了队伍最后面，被记录"阵亡"。

戴着防毒面具跑步就好像把你身边的空气抽走一半一样，心率急速攀升，体力急速消耗，不一会儿就浑身湿透。

好不容易跑出危险障碍区域，摘下防毒面具，我深深吸了一大口新鲜空气，那感觉就像一个溺水的人冲出水面一样。

没过几秒，防空警报又突然响起。

"全体隐蔽！"连长一声令下，我们依托道路两边的排水沟渠迅速卧倒。

"不会真有飞机来轰炸吧？"防空警报一直刺耳地响着，我心

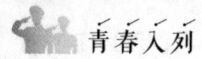

里不停地打鼓。

"空袭警戒!所有人把身体给我压低了匍匐前进!"连长的命令让混乱中的我们再次聚结。

……一上午的行军、接敌、各种课目混合在一起的训练之后,我们终于到达了拉练目的地——烈士陵园。

解除实战的戒备,部队转入以"红色基因传承"为主题的政治教育。跟随着早早等候在那里的陵园工作人员和解说员,我们漫步其中,感受这扑面而来的历史和荣光。

陵园里的每一座墓碑都被擦拭得干干净净。

长眠在这里的英烈有抗日战争时期的,有参加对越自卫反击作战的,还有和平时期抢救人民生命财产的……他们最小的年仅13岁,最大的74岁,更多的则是无名烈士墓碑。不同时期的英烈,以这样的方式审视着后来者,接受来自后来人的哀思和礼赞。我们思绪万千。

很多烈士碑前都敬奉着崭新的花环。

这是一堂无言的教育课,在无形之中完成红色基因的接续和传承,激励我们担当强军重任。

返回营区时已是傍晚时分。

每每想到那座烈士陵园和那次拉练,心中总是久久不能平静:那是一次新时代革命军人和老一辈革命先烈的无言对话,我们用昂扬的斗志和崭新的面貌,向革命先烈展示着我们的自信和强大。

放心吧,祖国有我们守护,苦难将不再重演!

44
士兵荣誉：连长为我授衔

新训旅军事训练场。

14个连队，经过3个多月数以千计的基础军事训练的新兵，在这里以连为单位整齐列队，等待着授衔仪式的开始。

整队集结报告程序完成后，一个大校军官步履雄健地走向话筒。这是我们新训旅旅长。

同志们，新兵战友们：

今天，我们在这里隆重集会为你们举行授衔仪式。从现在起，你们将成为中国人民解放军的一员，成为一名真正的合格的军人。这是大家军旅生活中的一件大事，是一个值得永远铭记的日子。

3个多月的军事训练，你们以"特别能吃苦、特别能战斗"的昂扬状态，完成了新兵训练大纲的全部内容，考核成绩优异。经批准，将授予你们中国人民解放军空军列兵军衔。这是一个将伴随你们毕生的荣誉，也是你们奋斗历程中的一个光荣的里程碑。

在代表新训旅党委和机关，向你们表示祝贺的同时，我向新战友们提三点希望和要求……

在雷鸣般的掌声结束后，随着旅长"授衔开始"的命令下达，各连以建制单位开始了距离间隔一步的重新整队。

金灿灿的士兵徽章、领花、臂章、帽徽等象征着士兵身份和荣誉的各种标识，在我脑海中不停地辉煌闪耀。

3个多月训练场上流下的汗水，以及受到委屈时五味杂陈的泪水，汇聚在此刻却含而不落，仿佛一瞬间又烟消云散。

因为新兵高强度的军事训练就没穿过几次的士兵常服，此刻即将佩戴上威严的军种军衔标识。

我即将成为中国人民解放军空军序列中一名拥有自己军衔的战斗员。

扬声器里传来威武雄壮的《中国空军进行曲》。此刻晴空万里。

"祝贺你，吴风港同志！"连长在我们班长的陪同下，为我佩戴上"一拐"列兵军衔，并将领花和帽徽等其他标识递交到我手中。你要知道连长这象征式的授衔，对一个新兵是何等珍贵。

此刻的我，手捧着共和国授予我的军徽、军衔，我知道：我选择的道路是正确的，3个多月的汗水没有白流。

必须说明的是：连长为我授衔并不是我有多么优秀，因为我是八连一班副班长，按建制班序列，我的位置排在全连第一。

45
我是"新训尖兵"！我选择去作战部队

在新兵分配初期，关于分配方向的小道消息，从不同的方向在"坊间"传播。

但有一条消息是真实的：学院需要选拔一批优秀的新兵留院，在学院不同岗位服役，包括警卫、通信和后勤保障单位等。

学院所处的地理位置以及所担负的使命、任务，与作战部队相比当然会好很多。

一时间，暗流涌动……

我，却十分淡定。

我想着：在哪个部队并不重要，能不能干好这才是重要的。

周日。

晚上军人大会结束后，文书通知我去连部。

"吴凤港，你对分配去向有什么考虑？"连长一见面就开门见山。

"啊……"显然没有任何考虑的我一脸懵懂、不知所云。

"学院要留十几个新兵，现在全旅预选名单有40人，我们连有 7 名同志入选，你在其中，你有什么想法明天晚饭前告诉我。"

"是，连长。谢谢连长关心。"

我迫不及待地将连长找我谈话的内容，借班长的手机向爸爸做了汇报。电话那头，爸爸先是亲和又略显喜悦地对我的表现给予了积极正面的肯定。但又严肃地指出：当兵，还是要去往条件相对艰苦、战备氛围浓郁的作战部队。历经快速反应、雷厉风行的摔打，才能磨砺自己的筋骨和韧性。但此刻的爸爸突然间变得既仁慈又民主：你的军旅你做主。

第二天，我神情忐忑地走进连部。连长、指导员正在与 5 名来自不同班的新战友集体谈话，我估摸着谈论的也是相同的主题。

"正好，吴凤港，想清楚没？你是新训尖兵，告诉我们你最后的想法。"连长说。

我立正敬礼："报告连长，因为我是军人，我服从组织分配；因为我是新训尖兵，我申请去作战部队。"

顷刻间，我似乎从凝固的空气里捕捉到了某种紧张的气息。很快，连长、指导员彼此一碰眼神，"知道了。你回去吧。"连长说。

"是！"我敬礼转身离开。

出了连部回班里，短短十几米距离，我仿佛走了很久，仿佛此刻行进的是前往作战部队的路上……

46
下连前夜

在一番慷慨激昂的讲话之后,营长宣布了我们每个人的分配命令。出人意料的是,大胖没和我们分在一个旅。

没分在一个旅意味着什么呢?就是以后可能就很难再相见了。

班长在班里揶揄大胖:"大胖,没看出来啊,家里是不是有啥关系把你调到别的部队了?"

大胖一脸茫然地说:"没有啊,班长,我也不知道怎么回事啊。"正说着,大胖眼泪都快流下来了,一米九几的汉子委屈得像个孩子。

班长赶紧拍拍他的肩膀说:"逗你哪,肯定是别人想去咱们部队把你给顶掉了呗。没事儿,下连发你们手机了咱们常联系。"

"班长,我……"

"没事没事,革命军人是块砖,哪里需要哪里搬。在哪都一样。"

晚饭时,坐在我对面的二班宋浩榕一边流泪一边啃着肘子,他旁边的路志城抹了把眼泪去打了第五碗饺子。

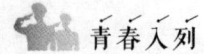

因为路志城留在了学院,这既是战友又是同乡的"铁哥俩",从此以后就各奔东西了。

大胖收拾好行李,我们帮着他把行李送到了隔壁的连队。别看只有几步路,但是明天过后就是相隔天南海北了。

大胖还是没忍住地落泪。

大家伙儿是真的舍不得。一起摸爬滚打了三个月,这是一种无法形容到词穷的情感。

就像身体里的维生素,平时它默默地支持着你,而你浑然不知,当你失去它时却是那样痛苦。

我们全班在班长的带领下,列队给大胖敬礼送行,以"生离死别"的方式送别这个即将和我们离别的战友。

这是在新训旅的最后一个夜晚。

本以为我们会有说不完的话,吹牛吹一个通宵,可是大家却只是相视无语靠在一起坐在床上,等待熄灯哨的响起。

这是我们新兵连三个月唯一一次坐在床上。

最终我们没有等来熟悉的熄灯哨。

也许是连队有意安排让我们多说说话,可是我们还是在9点准时关了灯。作风这个东西,养成了就改不了。

熄灯了就谁也不能说话了。

平日里此起彼伏的呼噜声并没有响起,连睡觉最早最香的广东仔也在我的上铺辗转反侧。

床,不时传出咯吱咯吱的声响。

这注定是一个难以入睡的夜。

每个人都以离别的方式回想这三个月来的点点滴滴。

刚到新兵连的时候,我捂着被子哭,那时的我害怕、弱小,还无助。

现在的我呢?回想起来真是要为自己点赞。这是洋溢着男儿血汗味儿的三个月,我不只身体强壮、枪法精准、思想过硬,而且还收获这么多可爱的战友。

翻身看到佛系小陈睡佛一样的侧卧姿势,仰头看到了小胖那圆圆的小光头,再看看班长那蜷缩在被子里的熟悉睡姿,无奈又不舍悄然涌上心头。

凌晨4点,我们登上大巴离开了新训旅,离开了我们生活了三个月的军营。

在城市还没苏醒的时候,我们披着黎明青色的曙光奔向新的战场。

47
致敬！我们的新兵班长

对一个军人来说，每当提起新兵班长这个名词，总是会思绪万千，不管时光过去了多少年。

每一个新兵班长都是一个故事、一本书，就像岁月的酒，愈品滋味愈浓郁。

来到军营，你真正近距离接触到的第一个军人是新兵班长；第一个近距离呼唤你名字的军人是新兵班长；第一个给你下达任务的军人是新兵班长；第一个找你谈心了解个人情况的军人是新兵班长；第一个训斥和表扬你的军人是新兵班长；第一个关心你温饱冷暖的军人是新兵班长。人生重要阶段众多的第一次都与这个人密切关联。

新兵班长。

新兵班长职务不高权力不大，却事关我们新兵训练、学习和生活的质量。

新兵班长在新兵们心里的地位至高无上。

新兵班长有一种神奇的、无与伦比的强大气场。

中篇　我的新兵连

从进入你视线的那一刻起，他的一言一行、一举一动都会形成无声的号令，令我们无条件地、自觉自愿地服从和追随。

无论是新兵班长关心时的热情，还是生气发脾气时的表情，都是一道美丽的风景，每一次回放都是那样友爱和温暖。

我的新兵班长牛广智，空军中士，服役7年的老兵，导弹中队的一名普通业务兵。在带我们之前，7年军旅连副班长也没当过，这个班长可能是他军旅生涯中最大的官儿。可他优秀的品格、卓越的组织领导能力、张弛有度的管理水平令我们佩服得五体投地，我们背地里称呼他"牛哥"，一直到今日。

四班长肖鹏，天生"虎将"一员，感觉要让他上战场，假如有近距离接敌的机会，我敢说枪都不用带，敌人只要见到他圆睁的怒眼就会退避三舍。你再看看他四班的那些弟兄，训练间隙或日常生活中，就知道缠在他的周围"弯弯绕"，那种装不出来的亲切感，怎不让人魂牵梦萦！

还有前面提到的带我们出公差，为了我们不受欺负，任务没完成怒撑完"老兵"就直接把我们带回的六班长，那小脾气，训练场上经常就能听到他毫不遮掩的叫吼声，在全连都是出了名的"愣头青"。可你再看他带的这个班，6次全连会操他们拿4次第一！骂东吼西一天天的，你一定觉得兵们恨死他了，错。新兵下连前夜，11个新兵在宿舍团团围着他们的班长号啕大哭。"班长，班长"一声声撕心裂肺的呼喊，没有惊动鬼神，却惊动了连长、指导员连夜去六班召开临时座谈会……

这些年龄比我们大不了几岁的新兵班长，一个个看上去凛然威严，但他们的内心是柔情万般，把爱和亲近隐藏到心底的最深处，

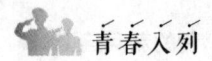

就为了我们的成长，为了我们训练任务的完成。

"没有哪一个带兵的人不爱自己的士兵！"我记不清是谁的名言，但感受是那样真真切切。班长对我们的爱从来不靠包容，不靠无原则、有目的的亲近，他们刚正不阿、率先垂范，在严厉、严格的过程中，缓释着对他的士兵真诚而又无私的爱。

这是一种血浓于水的战友深情。

踏上下连队的专车，回望列队为我们送行的12个新兵班长，寒夜里他们巍然挺立，我们热泪盈眶。

不经意间，有人大声喊出："班长，再见。班长，我会想你的！"这一刻，军人脸上的刚毅瞬间被消融，我们沉浸在莫名的依恋和不舍之中。

谁不知，过了今夜，明天他们将返回各自的岗位成为普通一兵。也可能，明天的今夜，他们就要喊其他的士官为"班长"。

但我想说：班长，不管将来我们在什么岗位，我们中的很多人将来也可能会成为军官，但，你依然会是我们的班长！

风萧萧兮，马声嘶鸣。

我们迎风向战，强军路上会时刻回放你的身影。

再见，班长！

班长，我们会想你的！

致敬，我们的新兵班长！

本篇结束语：蹒跚的步履、青涩的记忆

相对于每一个拥有军旅经历的人来说，"新兵连"这个特别的名词，记忆是青涩的，也是融入骨髓的那种挥不去、抹不掉的清晰，并将相伴至生命的终点。

相对于没有这个青涩记忆的人来说，"新兵连"这个特别的名词，也许就平凡得没有什么特别，就如同乡间田野徐来的风。我讲给你听的故事，也许就成了定格在你记忆深处的一个符号。

三个多月的"新兵连"经历，陌生、新奇又多姿多彩。宿舍、食堂、训练场，除了训练就是学习教育。日复一日，三点一线，我们把枯燥、委屈和苦累的日子过得有滋有味。虽步履蹒跚，但我们意气风发。

比我们大不了三两岁的新兵班长，从早到晚一脸的严肃却掩不住年轻的稚气；训练间隙偶尔的放松，同龄人的天真，在严肃的训练场放肆、飘逸。"王者""吃鸡"就仿佛一个个置身其中，我们飞沫直喷，青春飞扬。

一起入伍的战友来自四面八方，不同的乡音一样的目标，从最初高昂的头颅，彼此你不服我、我不服你，到最后我们携手并肩、

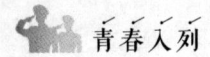 青春入列

情同手足，有误会，有任性，甚至有伤害，但我们终将是战友是兄弟，"革命的友谊万古长青"。

"新兵连"，这个令我欢喜令我忧、令我不舍令我愁的钢铁集体，对你的思念欲罢还休。这才过去几天，我不止一次在梦里神游……

　　再见了，我的新兵连！
　　再见了，我的新战友！

/ 下篇 /
军歌嘹亮

【关键词】

※ 新兵下连就相当于大学生毕业分配。谁站岗、谁操炮、谁做饭一锤定音,是新兵们顶顶重要的大事儿。

※ 老连队与新兵连不同,新兵连是把一个社会青年培养成一个兵,而老连队是将一个兵打造成战场上敢于流血牺牲的战斗员。

※ 看班长的眼色抢着干工作,见到比你军衔高的就喊班长准没错。

※ 如果你有特长,只要是"真功夫"就一定要找机会展现,说不定就会改变你前行的方向。

※ 对老兵要尊重。

※ 有了不开心的事要学会自我消化,高强度的体能锻炼是释放压力的最有效通道。军营容不下你的任性,哪怕一次。

※ 千万不要把精力用在动歪心思、搞投机上。

※ 不管在什么岗位,要脚踏实地争当业务尖兵!这事关战场生存能力,也是"兵魂"!

※ "精武强军""练兵备战"是这个时代的关键词。我们处在一个呼唤英雄的好时代。

48
战机从头顶飞过

苏北彭城。

这是一座低调的千年古城，拥有6000年的文明史和2600年的建城史。相传原始社会末期，一个活了800年叫彭祖的长寿老人，在这里建立"大彭氏国"，从此，这里叫"彭城"。至今，生活在这个城市的人民，依然将他们的城市称之为"彭城"。城市的中心建有"古彭广场"，矗立着"古彭大厦"。

汉高祖刘邦就出生在这里，当过生产队长（亭长），后来还做过押送犯人的"头儿"。一个无权无势又无钱的农民，一步步干到立朝称帝。历代史学家对他多有赞誉，连毛爷爷都称他是"封建皇帝里最厉害的一个"。

而这个项羽呢，则更为神奇，他是楚国著名的军事家，他的长辈多数都是楚军的高级将领。他作战勇猛，用兵如神，有"羽之神勇，千古无二"的美誉。历史上著名的"巨鹿之战"中他率部击败秦军主力后，在这里建都称王。"西楚霸王"就是他。

两人常年在这里打打杀杀，历时四年的"楚汉相争"，主战场就在这里。"九里山前摆战场，大风起兮云飞扬！"描写的就是当年楚汉相争古战场的景象。这里是汉文化的发祥地。

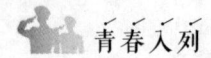

近代，我们在中学时期教科书上学到的著名的三大战役之一——淮海战役，就发生在这片区域。

2018年12月3日，新兵连集训结束，我被分配到空军驻这个城市的一个飞行训练旅。

部队大巴载着我们以东西方向穿越这个城市的主要街道，无数高耸入云的摩天大楼，让我感叹我们赶上了高速发展的好时代，这仅仅是一个"三线"城市。

远处传来飞机发动机巨大的轰鸣声。
抬眼看车窗外，有双机编队从头顶飞过。
这一天有训练飞行。

49
欢迎仪式结束后，我被一个空军上尉带走

作战部队的战斗氛围，与新兵连还是有着很大区别的。

从进部队大门的那一刻开始，我们没有见到一个穿制式常服的军人。从军官到士兵，从头到脚，清一色制式迷彩。

大家风尘仆仆，步履匆匆，身姿矫健，言语干净利索，黝黑的脸上写满军人特有的刚毅和自信，一个个就好像马上要开赴战场似的。

后来才知道，严格地说，我们这个旅还算不上正规的作战旅，隶属于空军某飞行学院，是担负战斗飞行员成长的训练旅。

一个训练单位，官兵们冲天的豪气从何而来？你看看旅机关大门口的那面巨大的文化墙吧："建设一支空天一体攻防兼备的强大人民空军"的大红色标语，在阳光照耀下熠熠生辉。

精武强军、练兵备战，在军队的每一个角落都有体现，战斗精神已融入每一个军人的骨髓之中。

下午3点左右，我们满负荷随行装备，在大礼堂前的操场上整肃列队，准备接受部队的岗位分配。

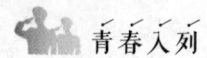

需要说明的是：这次分配，可是决定你从事何种专业的定岗定位。一旦分配命令下达，谁拿枪、谁操炮、谁做饭，没有极其特殊的情况，是不可能再出现岗位易动的。

烈日下操场上的我们，别看一个个纹丝不动，但各人心里打的小算盘是不一样的。

好在大家对这个部队的情况一无所知，最多也就像我们班的那位"泡面哥"，他不知是受谁的影响，一直想着能去机关当个勤务员啥的，结果却去了场务连。

宣布分配命令的场面好不隆重。四五个上校、大校军官在队列前站成一排，星徽闪耀，好不威武帅气。

各单位前来接兵的干部成纵队站立在我们的左侧，命令宣布到谁谁出列。这时，就会有对应的接兵干部走到你的身边，亲切而准确地呼唤出你的名字，并接过你肩上的随行装备。

"吴风港，通信连！"

就这样，我被一个空军上尉带走。这个上尉是我的连长。

50
老连队的新兵待遇

和我一起分到老连队的还有另外 9 个新兵。

因为新兵连不在一个班排，大家只是不熟悉，算不上陌生。

连队干部应该是早就接收了我们的资料，对我们的个人情况不能说了如指掌，基本也大差不差。

为了方便上岗前的教育管理和培训，我们 10 个新兵被安排在一个大房间，按两排一字排开集中居住。起床、操课、洗漱、熄灯、内务要求比新兵连标准还高。

最让我们欣喜的是：洗漱间、厕所什么的都在楼内，不用再像新兵连那样，排队上旱厕啦。

房间里的暖气相当给力。生活条件得到了这样的改善，对我们"什么苦没吃过"的新兵来说，连队简直就是天堂。

每年新兵下连，都是部队的一件喜事儿。

连队的老兵、新兵，貌似人人都在以不同的眼光审视着我们这一群手足无措、傻不拉唧的"新兵蛋子"，尤其是那些上等兵，我

感觉到因我们的到来,他们也顺势升格为"老兵"的喜悦。

部队是一个等级极为森严的、高度集中统一的集体。

也就是说,人家虽然是上等兵,我们见面也要立正喊"班长好"。

"嘘……"这是我们宿舍隔壁一个上等兵告诉我们的。说他们这一年都是这么做的。

于是,见人就立正、就喊"班长好",进门就"报告"的时光,一直延续到彼此间慢慢熟悉,工作关系基本建立,才逐渐得以有限度解除。

这是新兵下连队最青涩的一段时光。

我们连队的小个儿连长,是"大学生"干部,我感觉他管理连队严谨、认真,还略显刻板,一切按条令条例办事不可以商量。不过,面相天然亲切,不像《士兵突击》把连队干部描写得一个个像吃了枪药,说梦话都能把人吓醒的那种。

晚饭后,连长让连队文书通知我去连部。

"吴风港,来自首都北京,大学生兵,高中学的文科,平时有写作的爱好,还在大学校报发表过文章,对吧?"连长突然间停止了自言自语,"对啊,你有写作的特长,我们连可是一个老先进连队,你不妨了解了解,够你写的!"

这是连队首长第一次找我个人谈话的开场白。

连长关于写作的建议,无疑为我播下了一颗希望的种子。

铁打的营盘流水的兵。

其实,我们的到来是为连队补充新鲜血液,是很受连队欢迎的。

负责带我们的班长，是一个中士，叫杨智威。

第一次班务会，杨班长就说：熟悉连队有一个过程，不必过于拘谨，慢慢就适应了；在连队组织的新兵集训结束之前，你们没有岗位，公差勤务主动点、跑快点；你们这十个人，现在都在一条起跑线上，半年、一年后就不一样啦；这当兵呀，尤其是当个好兵，没有什么诀窍，记住六个字就行：少说话，多做事！

不错吧，连长、班长都不像电视剧里那样只知道训斥吧。

"喂，你们几个新兵留下，帮我们一起把饭堂地板拖一下！"一个上等兵，板起面孔神气十足地冲我和其他三个吃饭慢的新兵，下达了不容商量的指令。

这突如其来的一通吆喝，我们几个面面相觑，但很快就齐声答道："是，班长！"

这是我们下连的第一个星期天。

明明知道我们受到了来自"老兵"不公平的指使，但这是部队，我们只能服从。

其实，后来再看，真正的老兵绝少有欺负新兵的，怕就怕中间这新不新、老不老的上等兵，我们私底下简称"二拐"。

（注：兵分为列兵和上等兵。军衔区别在上等兵比列兵多一道带拐的杠杠，列兵一道，上等兵两道，所以叫"二拐"。）

遇到这样的事，经验就两个字：服从。

还真有不服软的"真汉子"。

一个"见多识广"的山东大汉，在铲雪时因为不忍上等兵的吆喝："我们没来时，你不也就是新兵吗？干吗对我们指手画脚，

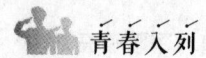

班长还没说话呢!"

这还了得!一个刚下连的新兵居然敢顶嘴,这可不是小事情。

这个上等兵在现场就和这"真汉子"杠上了:"让你干点活哪来的这么多毛病,看看我们连,干活有挑肥拣瘦的吗?"

没几分钟,班长来了,排长来了,连长也来了。

晚上,"真汉子"满脸委屈地在班务会上做了检查。

指导员参加了我们的班务会。

班务会结束时,指导员把我们几个新兵留下,有一番意味深长的交谈:"感觉到了你有些委屈,但除非原则性的错误,通常我们是不会当着新兵的面批评老兵的。但不批评并不等于他是对的。他的问题,我们会有别的处理方法。明年的这个时候你也就成了老兵,你会慢慢懂的。"

也许,这就是刚下连新兵必须经历的成长吧。

51
我们连队的英雄们

周一,我们下连队第一个双休日后的工作日。

正值三九隆冬的苏北,气温始终在零下5摄氏度左右浮动。

干冷干冷的北方天气,许多来自南方的战友都不习惯。好在我在北方长大,筋骨还算皮实。

部队年度训练任务已接近尾声,大项训练课目已全部完成,近半个月来一直进行着"保持训练"。

每年的这个时间段,算是部队难得相对清闲的一段时光。因为雪后气温骤降跑道结冰的缘故,今天部队原地休息。

航空兵部队飞行训练大都"看天",没有极其特殊情况,雨雪天气战机是不会轻易起降的。但你也别指望不飞行部队就会休息,通常都会转入政治教育或者业务学习。

"各分队组织业务学习!"

上午8时,连队操课的哨声准时响起。

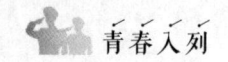

"新兵楼下集合！"不一会儿，又一道通知的哨声传来。

指导员站立在集合的队伍前："上午组织大家参观连队荣誉室。我们连队是一个拥有建连50多年光荣历史的英雄连队，它随空军航空兵某师从抗美援朝的炮火中辗转走来，历经鸭绿江畔的枪林弹雨、一江山岛的惊涛骇浪、对越自卫反击作战的丛林记忆。连队涌现的英雄典型们半个多世纪以来，不断激励着官兵奋勇前行。希望大家好好参观，记住这些老班长。"

荣誉室占据了三楼西头五分之一的面积，是由两间大宿舍打通改建而成。四面墙上密密麻麻地挂满了各个不同时期的奖状、奖旗，各式荣誉证书、奖章琳琅满目；中间台式玻璃展柜里陈列着建军初期的电话机和接线台。

你再往南看，一整面墙还有西面的那半面墙，都是我们连队不同时期的典型，都是我们的老班长、老领导。现在，就让他们一个一个走进我们的视线：

科技尖兵徐树林

原连队副队长，1978年2月完成导航台Ⅰ型样机研制，获空军科技大会三等奖，并被评为先进个人，荣立二等功。自入伍以来，他时刻以高昂的革命热情投入工作。针对通信专业技术强、分工细密、涉及面广的特点，他积极加强自身业务能力的提升，平时不管走到哪里都会带上书本，一有空就进行业务钻研，最终经过无数次的实验验证，导航台Ⅰ型样机终于研制成功。他也因此受邀参加空军科技大会，并受到了空军领导的亲切接见。

"学雷锋先进个人"尹朝凡

原连队副指导员。被师部树立为学习雷锋先进典型。1967年出席了浙江金华地区"学雷锋先进个人"代表大会；1969年1月作为"四好连队"战士代表在北京体育馆接受毛主席的亲切接见。

如果你是一滴水，你是否滋润了一寸土地？如果你是一缕阳光，你是否照亮了一份黑暗？如果你是一颗螺丝钉，你是否永远坚守在你的岗位？这是"雷锋精神"的精髓，也是他的座右铭，他也是这样做的。在连队期间，他年年都被评为"先进个人""五好战士"。

"五好战士"、副指导员周光富

周光富，历任通信连战士、电台台长、副指导员，秘书，空军某团政委，空军某师政委，空军某军副政委。在连队期间，年年被评为"先进个人""五好战士""二级技术骨干"。1967年7月作为基层战士代表在北京人民大会堂受到毛主席的亲切接见。

入伍时正值我军轰轰烈烈地开展"五好""四好"运动。他耳濡目染，深受鼓舞，暗下决心，一定要做像毛主席说的那样的"五好"战士。他时时刻刻牢记"五好"标准，坚持从一点一滴、一言一行做起，努力在平凡工作岗位耕耘，干出不平凡业绩。正是靠这种事事人先的做法，从点滴生活和工作中学习感悟、领会，努力提升自身能力素质，一步一个脚印，逐渐走向我军高级领导岗位，被授予空军少将军衔。

学"毛著"积极分子、通信连原班长兰荣国

兰荣国，1965年入伍，入伍第一年就被评为"五好战士"、二级技术能手并入党，荣立三等功，第二年担任副班长，第三年担任班长。在他的带领下，所在班级连续多年被评为"五好"班级。

1966年被师部评为学习毛主席著作积极分子，1967年作为全师战士代表在北京人民大会堂参加空军第一届学习毛主席著作代表大会并受到毛主席的亲切接见。在连队服役期间怀着对伟大领袖毛主席的无限忠诚，埋头苦干，忘我工作。他既是红色通信员，又是毛主席最新指示的宣传员。每当毛主席发出最新指示，他总是以最高的热情、最快的速度，传送到身边的每一个人。

身边的"王杰"、通信连原副连长周月忠

周月忠，一位忠诚可靠的老实人。1965年，总部号召全军全国学习王杰精神，连队积极响应，开展"学王杰日记、讲王杰故事""传承王杰精神、保持冲锋姿态"等活动，通过教育，他深受触动，暗暗发誓，决心要以王杰为榜样，学习他"一不怕苦，二不怕死"的精神。1969年11月12日，身为副连长的他在组织手榴弹实弹投掷训练时，一名新战士将手榴弹投在距离掩体不到两米的斜坡上，千钧一发之际，他将自己的生死置之度外，猛地扑在战友身上，挽救了战友的生命。事后，其他战友激动地说，我们身边也有"王杰"。

和今天的我们一样，半个多世纪以前，这些老兵、老班长、老领导，战斗在连队的不同岗位，干出了不平凡的业绩。只是岁月久远了，时间模糊了他们的轮廓，但连队依然有他们的位置。他们的事迹，依然在战友之间交口传颂，成为我们在精武强军路上不竭的前进动力。

52
与连队英雄们的心灵对话

站在连队英雄群体阵列前,你的思绪会穿越,穿越到那个久远的年代、那个年代的英雄连队。

这些老战友、老班长、老领导在成为典型之前,都是在自己平凡的岗位,靠忠诚、敬业和艰辛的付出,干出了不平凡的业绩。他们的事迹如滚滚洪流滔滔流传至今,被连队传颂,受到后来者敬仰和追随。

据老兵们介绍:每年新兵下连,连队都要组织参观荣誉室,接受优良传统教育,这是我们成为合格通信兵的第一课。历任连队主官包括班排长,对连队英雄们的事迹了如指掌,成为他们带兵育人、强劲连队精武强军动力的不二教材。谈起连队的英雄们,他们的脸上总是流露出难以抑制的自豪和骄傲。

不止一次地,在没人注意的训练间隙,我走进荣誉室久久凝视,不一定都是找寻岁月的印记,我是尝试着与英雄们对话:告诉他们历经半个多世纪人民军队所取得的伟大成就;告诉他们人民军队"为人民服务"的宗旨,今天依然在传承和发扬。

大国博弈也好，地缘政治也罢，世界风云与我一个小小列兵交集不大。但我知道：一个国家、一个民族，如果没有足够强大的武装力量做支撑，尊严必将得不到彰显，人民的幸福感自然也就无从谈起。这个浅显的道理，不只我这个大学生，上过初中、学过简单近代史的青年，对我们这个民族自鸦片战争开始一百多年来受欺凌、被侵略的血泪史都记忆犹新。

我是人民军队方阵中的一员，军徽闪耀、使命重大！真正的军旅生活从这里开始。

我从英雄典型们身边整装出发。

53
全站军人大会我吓出一身冷汗

"杨班长！""到！"
"新兵们在干吗呢？"
"报告连长，三个在帮厨，两个出公差，其余的在学习室！"
"通知他们换常服，场站军人大会提前了……"

"新兵集合！"
由于人员分散，班长的口令喊了两三遍大家才开始往楼下跑。

什么是军人大会？
就是全体军人都要参加的大会。新兵连经常召开连队军人大会，通常都是说一些重要的事情或者搞政治教育。

场站军人大会，顾名思义就是全场站军人都要参加的大会。军人大会那可是展示一个单位官兵精神面貌的重要场合，一年也开不了几次，但每次都整得十分隆重。各单位入场、退场，那口号声都是憋足一股劲儿，从腹腔高压迸发出来的，连礼堂附近树梢上的麻雀，都因受到惊吓飞得一只不剩。

场站部队多为业务单位。因为专业技术原因，分布在各个岗位上的高级士官很多。就像我们连，平日里分散在台站（也包括后来的我）值班难得一见的老兵，也都换上了常服在连队门口集合，那金光闪闪的军衔，在阳光下格外耀眼。

整个营区响彻着部队行进中的口号声，嘹亮的军歌此起彼伏。

大礼堂内庄严肃穆。

但与现场的庄严相比，柔软的椅子让我的肌肉和神经瞬间松弛，毕竟当兵到现在，都是坐着小马扎或者席地而坐，屁股已经很久没有享受过如此柔软的待遇了。

"全体都有，坐下！"

不一会儿，一个上校军官就走上讲台开始了他的讲话。

首长讲话就是不一样：中气十足，抑扬顿挫，语速也拿捏得非常合适。

可能是昨晚没休息好的缘故，我坐下不久就开始有些犯困。为了保持自己的军姿，我极力想着一些好玩的事情来保持自己的清醒，但眼皮子还是不争气地在不停打战。

讲到"一是要"的时候，脑袋已开始昏昏沉沉；讲到"二是要"的时候，我的眼皮已经落到一半了；讲到"三是要"的时候，就好像是打开了莫扎特的《摇篮曲》，有一滴口水从嘴角不经意地滑落；讲到"四是要"的时候，我已经不受控制地开始"点头"了。

"五是要……那个兵！低头的那个兵！你给我站起来！"

首长的这一句话震耳欲聋。我在半梦半醒之间直接精神起来。

说的不会是我吧？不会这么点儿背吧？

首长见半天无人起立，直接大手一指，指向了我坐的那片区域。仿佛所有人的目光都集中在我的周围。

随后首长开始"点将"，指挥着纠察过来"抓我"。

看着头戴钢盔、袖戴臂章、一脸严肃的纠察穿过人群向我走来，我紧张到恨不得挖个地洞钻进去。

最终，纠察在离我也就三五步的地方止步，拍了拍坐在离我不远、此刻还耷拉着脑袋的上等兵姜海尧："同志，哪个单位的？"说完顺势就拿出了他们手中的登记本，准备完成他们的资料登记。

一身冷汗的我心想：这哥们儿怕是完蛋了。

"通信连的吧？昨天半夜去抢修电缆了？"首长在台上八成是看清楚了我们这片区域的连队领导，语气缓和地问道。

"报告首长！是的。"上等兵勉强地答道。

"嗯，不许打瞌睡。会场纪律反复强调了多次，总是有同志不以为然。这次看在他们通宵出外勤就算了，下不为例。这是军人大会，纠察注意巡视会场。"

原来，这个首长就是我们场站的站长。

这次的事件着实让我长了记性，虽然板子没打在我身上，但想想依然心有余悸。毕竟，这是不能触犯的规矩，也没有那么多的情有可原。我虽然不一定能完全记住站长都说了些什么，但是只要开会就必须瞪大眼睛、腰杆当家地坐着。

我记住了。

重大公共场合犯错，绝对是不能碰触的禁忌！班长的话又回荡在我的耳畔。

54
70年前的那场战争

今天元旦。2018年开年第一天。

和全国人民一样,我们照例享受着国家法定的三天假期。不一样的是,越是假期,我们越紧张。

节日战备教育、战备值班、安全大检查、文化生活安排等,我们张弛有度,放假不放松。

"所有新兵,楼前集合!"上午8点整,我们接到了连队值班员发出的集合指令。

"今天场站组织大家参观革命纪念馆!"指导员在队列前简短动员后,"杨班长,你带新战友把手机领了,参观过程中可以拍拍外景,军装照不许发在社交平台上,五分钟后原地集结。"

指导员说这句话的时候,刘德华都没他帅。

在前往革命纪念馆的路上,透过大巴的玻璃都能感受到这座城市的繁荣和浓郁的人间烟火气:迎面而来的满载公交车,路边热气腾腾的馄饨摊,戴着耳机晨跑的路人,街角披着朝阳下象棋的老爷爷……黄河故道两边的花园,那么多跳广场舞、打太极拳的大叔大妈。

生活是多么美好啊！

【链接】淮海战役是中国人民解放战争中具有决定意义的三大战役的第二个战役，于1948年11月6日始，1949年1月10日结束。淮海战役是中国人民解放军华东野战军、中原野战军在以徐州为中心，东起海州（连云港），西至商丘，北自临城（枣庄市薛城），南达淮河的广大区域内，对国民党军进行的战略性进攻战役。解放军以伤亡13.4万余人的代价，歼灭国民党军5个兵团、22个军、56个师，共计55.5万余人，创造了战争史上以少胜多的奇迹。

淮海战役是解放战争战略决战中历时最长、规模最大、歼敌数量最多的一次战役。淮海战役的伟大胜利，解放了长江以北华东和中原的大部分地区，使国民党统治中心南京和上海直接暴露在人民军队的铁拳面前，加速了解放全中国的历史进程。

为了纪念这场战争和在这场战争中牺牲的英烈，党和政府在这座城市太阳最先照耀到的地方，修建了革命纪念馆和高耸入云的烈士纪念塔。

烈士纪念塔坐落在城市的东南区域，塔高38.15米，面东朝阳，依山而立。对这座全国双拥模范城市来说，这雄伟的纪念塔有着特殊的含义。

纪念馆园区庄严、肃静，哪怕是元旦假期的第一天，来这里参观的人依然很多。他们神情庄重，大人拉着小孩的手告诉他们不要嬉笑打闹；老人们三五成群，或相互搀扶缓步走着，弯曲的后背上驮着久远了的岁月印记……

一百多名新兵穿着整齐的冬常服军容严整，排成整齐的队列，迈着整齐的步伐，喊着虎虎生威的行进口号，这架势，在哪里都是一道亮丽的风景线。唯独在这里，参观的人们对这一切仿佛早就习以为常。

他们自然地让出了通往纪念馆的中间正道，默默地在旁边与我们同行，仿佛已经是多年的老友，双方都在保持着这无言的默契。

纪念塔前，军歌嘹亮。

军人誓词，震耳欲聋。

我们以军人的礼兵正步，高擎鲜红的八一军旗，向革命先烈、我们的战友致以崇高的敬礼。

"我是中国人民解放军军人，我宣誓：服从中国共产党的领导，全心全意为人民服务，服从命令，严守纪律，英勇顽强，不怕牺牲，苦练杀敌本领，时刻准备战斗，绝不叛离军队，誓死保卫祖国。"铿锵的军人誓词在巍峨的烈士纪念塔前响彻云霄。

每年新兵下连，部队都要组织新兵到驻地附近的革命传统教育基地，缅怀那些定格在历史长河中、依然闪耀着光辉的英雄人物和英雄集体，重温那段从无到有的苦难辉煌，找寻他们"鲜血染得战旗红"的血脉传承，以"红色基因"占领官兵精神高地。

面对远去的英雄先辈，面向神圣的纪念塔和鲜红的八一军旗，我们向革命先烈敬献花篮。庄严的宣誓仪式上，我们精神振奋、斗志冲天，掷地有声地向党和人民高声宣示出军人的铮铮誓言和郑重承诺。

人民军队壮怀激烈的革命英雄主义精神，从新兵入列这天起，就已完成红色基因的根植。深深的红色印记,烙印在官兵心底、闪耀在眉宇之间。

我们的誓言震荡群山。这不仅仅是对军队的忠诚,更是对先烈的告慰。那一刻,我们胸腔里的血是沸腾的。

肃立于我们周围的百姓乡亲,报以我们热烈的掌声和敬佩的眼神。

站在烈士纪念塔的高台上放眼望去,繁华的城市风光尽收眼底。感受着城市的繁华与朝气,战争的伤痕仿佛已在岁月中抚平。

"70多年前,60万装备落后的人民军队,面对80万装备精良的国民党军,是如何取得了战斗的胜利?"讲解员话音一转,"请大家往这边看。"

我们在纪念塔正面、塔基上方的一块大型浮雕前止步:"看到了吧,舍生忘死冲锋在前的战士们身后,有着成群结队推着独轮车的老百姓,父老乡亲与子弟兵共同在炮火中向着同一个目标前赴后继,这样的军队怎不令敌人闻风丧胆!"

闭上眼睛,70年前的喊杀声仿佛就在耳边回荡,参与过战争的老英雄也许就在身边……

原来,我们素未谋面却如老友般的默契,早在70年前就已经生成。

原来,战士和老百姓其实也是亲密无间的战友,无论军装如何更替,穿军装的人都未曾变过,初心未曾改过。

我们来自人民。

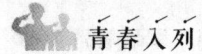

我们是人民的子弟兵。

庄严的烈士纪念塔像定海神针一样,镇守着这片光荣的土地,无言地威慑着一切胆敢来犯的敌人。他护佑着万千的英魂,屹立在城市的高处,守望着这片美丽的家园。

我们的坚守是有崇高意义、是有历史传承的。

如果说一群人的奉献和坚守可以守卫和平与美好,那怎么可能少得了我。

我还这么年轻。我跑得快、瞄得准、打得狠,我有无穷的力气和高昂的斗志。

精武强军的接力棒,我不接谁接!

美丽的城市风景让我的目光舍不得离开。

纪念塔修在这么高的地方,也是为了让革命先烈见证国家的兴旺吧,我想。

他们欣赏着新时代的美景,想必每天都一定很欣慰吧!

这就是中国军人的浪漫。

我拿起手机拍下眼前的风景,发在我的朋友圈里,配文"战士为谁而战?为了这迷人的风景……"

晚上,在连队组织的畅谈参观体会环节,我朗诵了边参观边构思的一首小诗《军旗猎猎》:

元旦时节的龙云山

安静祥和

数以万计的英烈

长眠在这里

他们的丰碑前

军旗猎猎

雄健的士兵方队

如松般屹立

铿锵的誓言

在静默中震荡群山

这么多年轻的军人

以他们特有的方式

祭拜心中的英雄

也许

丰碑

不一定像灯塔

指引人们前进的方向

但她 却可以

记录下一个年代

和那个年代的那场战争

还有战场的惨烈

宽大的展厅里

依然能感受到

战争的狰狞

锈蚀的重炮

青春入列

卷口的钢刀
铁血殷殷的担架
朱批的作战命令
都半个世纪了
几代人的香纸花环
谁说仅仅只有哀思

安息吧 十五六岁
我年轻的战友
亲吻你的塑像
仿佛依然有热血在流淌
那残存的战场烟尘
不知当年
是否也有秀发拂过你的钢枪

55
难得便装走一回

元旦假期的最后一天,我因为表现比较好得到了外出 8 小时的机会。

快三个月了,终于可以走出这个营门看看外面的世界。我激动得早餐连吃了两大碗面条,以储备体力。

便装一换,运动鞋一穿,地方青年的味儿一下子就回来了。从地方青年到军人,需要三个月的重塑锻造;但从军人到地方青年,只需短短三分钟的换装时间。

出发前,连长对外出的人员交代:"下午 4 点前归队,不要惹事,不要去不该去的地方,别忘了自己是现役军人。"

难得便装走一回!

我彻底摆脱了军营的约束,自由的气息充满每一个角落。我想去哪去哪,想吃啥吃啥,想坐哪坐哪,完全不用给任何人打报告。

久违的自由放松带给我难以形容的愉悦。

我胡吃海塞,一个人吃火锅,一个月的津贴所剩无几,哪人多

我去哪转悠，8小时，怎么计划怎么不够用。

但是与撒欢的玩乐相比，不一样的却是这次外出的经历。

从出营门打车开始，司机师傅就问我是不是在附近当兵，就算我闭口不言或回答不是，司机师傅也一脸早知道你会这样说的样子，自信地说道："年轻人，你等车的时候站得那么直，还理着一个小寸头，怎么可能不是当兵的，要保密呗？你叔都懂。"

我拿手机赶紧照了照自己，心中不禁疑惑："这不挺帅吗？真的有这么明显吗？"

答案是肯定的。

无论是公交站台，还是在早餐摊上，站姿挺拔的"小寸头"到处都是。他们眼神坚定，目的明确，步速飞快，偶尔三两个人结伴而行，基本连迈哪条腿都是一致的。

就我这种新入列的，"内行"一眼就可以看出是"同行"。

我们虽然身着便装在人群中穿行，和地方青年表面上看起来没什么两样，但是我们又不一样。

只因我们长出了军队的骨头，严格的训练挺直了我们的脊梁。内心还有着纯纯的守护意识，路遇不平，随时准备拔刀相助。

想起《士兵突击》里的一句话："看看你现在的样子，你还能过回以前的日子吗？"

能不能过回以前的日子我不知道，但是我发现我慢慢喜欢上了现在的日子和现在的自己。

经过商场的橱窗前，看着镜子里的自己，笔挺的身姿有一种说不出的气质和自信。

我发自内心地喜欢自己现在的模样。

要成为军人并不是穿上军装那么简单，是要"打碎骨头掉一层皮"的那种。我们是经历过淬火锻造的，无论穿着什么衣服，有关军人的一切，都刻在了骨子里。

8小时外出结束归队。

虽有遗憾，但来日方长。

换上那身迷彩服，还是熟悉的颜色，还是熟悉的汗味儿。但那一瞬间，心也随之安定了下来，收放自如才是一个战士该有的素质。

其实可以透露下，我当上"老兵"之后，对于外出这事儿逐渐开始"佛系"了。不是必须买什么东西，基本不会请假外出。说好听点，一方面，是把机会让给需要外出的战友（节假日外出有比例限制）；另一方面，就是觉得好不容易休息了，在营区里活动活动也挺好的。

这里也是另一个家。

56
欢欢喜喜过大年

与地方上张灯结彩、热闹非凡、欢欢喜喜过大年相比,军营里是怎么过年的呢?

答案也许可以从文书手中的"春节七天乐"安排表中做出预判。什么"拔河比赛""麦霸争霸赛""通信杯王者荣耀大赛""掼蛋对抗赛"等项目,把假期安排得满满当当。

顶顶重要的是可以实现手机自由!

节日氛围一布置完,休息的哨声一响,美滋滋的"春节七天乐"正式开始了。

大年三十的晚上,连队会餐。

战友们欢聚一堂,吃得不亦乐乎,而且伙食标准非常之高,菜品丰富得超乎你的想象。

就是大家拿着橙汁大喊"干!干!干!"的场面有一点点违和……

对于吃,我从来都是奋勇争先、当仁不让。

红烧牛排、糖醋大虾、"霸王别姬"、双椒微山湖大鱼头,还有一只小乳猪,肚子里塞满山珍海味,和家里美美地打了一通视频,炫耀着我们的美味佳肴。突然,老兵一声"打王者的上号了",我就旋风般地拐进了连队俱乐部。

我已经是入伍五个月的"老兵"了。

已经没有新兵连过中秋节那样想家了。

毕竟,连队也是我的家。

这一夜,大家在狂欢中享受假期,每个人都沉浸在快乐的年味儿之中。

也不知到了几点,一阵急促的哨音打破了黑夜的宁静,这是紧急集合的哨声。

紧急集合?!

我猛然从床上坐起。又不是在新兵连,怎么还紧急集合?是在做梦吗?

还在恍惚之间,老班长用力推了我一把:"寻思啥呢?紧急集合了听不懂吗?快点!"

这不是做梦,这是玩真的啦。

触电一般的身体迅速摆脱掉了困倦,早已烂熟于心的技能让我迅速收拾好装备,风一般地冲出营房赶往集合地点。

一到楼下,连长一脸疑惑地问我:"你打背包干吗?咱们这是轻装紧急集合,赶紧把背包送回房间,去机场。"

看着老兵们的装束,我终于明白为啥我这么慢了。但是,后面又从楼道里陆陆续续跑出来几个人,清一色的新兵蛋子,我又觉得

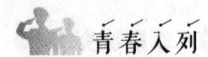

自己其实还挺快的。

刚爬上卡车,远处就传来飞机引擎的轰鸣声。整个部队已迅速进入战备状态,各种特种车辆源源不断地朝着机场集结,形成了一列壮观的车队,就跟拍电影一样,非常有画面感。

身边坐着的老兵,有的面无表情,有的闭目养神。

老兵的淡定让我有点慌张。我小声地问班长:"这是个什么操作?不是已经放假了吗?"

班长眼都不眨地揶揄:"你真是个新兵蛋子。咱们当兵的紧急集合还能干吗?要打仗了呗。"

打仗?这么突然?和谁打?怎么打?还有我的枪呢?我空着手上去搏斗吗?我不敢再追问班长是不是真的。卡车上没有人说话,只有汽车发动机的声音,还有越来越近震耳欲聋的飞机轰鸣声。仿佛战场就在前方。

刚一跳下卡车,一架战斗机就从跑道东头起飞,不一会儿,又有一架战斗机低空掠过我的头顶。此时的我猜测,这些战斗机可能正在执行战斗任务。

我们接到的命令是维护现场通信设备的安全,保障飞行指挥畅通无阻。

进了台站我才知道,时针已指向 5 点 30 分。天,马上就要破晓了。

6 点左右,随着最后一架战机平稳落地,解除战备的命令也传达到了每一个人的耳朵里。

全旅官兵在跑道上集结完毕。

包括我们的战鹰，也在跑道上列队完毕。

旅长穿着飞行服，拎着飞行头盔，走到队列前高声说道："同志们，今天是春节假期的第一天。虽在假期中，但是敌人不会管你过不过节，他们可能会专挑我们脆弱的时候发起骚扰。旅里之所以决定在假日里组织这次战备拉动演练，主要是检验部队的战备意识和战斗作风。今天演习，各单位反应迅速，操作精准，要好好保持这样的状态。各单位带回。"

原来，只是一场演习。

幸好，只是一场演习。

我无法想象这天战争要是真的来临，我该用什么样的状态去面对，就这样手足无措吗？

我一直觉得自己是个好兵，业务水平也不错。但是今天，我真实地感受到了自己作为士兵与战场的差距。

居安思危，忘战必危。

老兵们可以沉浸在欢乐中，但是该出场的时候他们绝对不含糊。而我却从头到尾迷迷糊糊，今天如果真有战事，这会儿我还指不定在哪儿呢……

这是我入伍军营过的第一个年。

这个年过得不仅有年味儿，更有战味儿。

57
刚混熟点就要离开了

我们连在场站一众连队中是"老牌"的先进连队。

连队里的战士，都有着强烈的归属感和集体荣誉感，用老兵的一句话讲就是"别人是和其他人讲标准，咱们连队是自己和自己讲标准！"

这里的老兵对我们都很好，伙食标准也非常高，我也时常因为自己的这份幸运感到窃喜。

新兵集训阶段，除了业务学习培训，基本每天都有着干不完的活，但我一直是严格自律、任劳任怨。在"有眼色"和手脚勤快这方面，我简直可以被称作"行业模范"，也正是因为这种表现，我成了连队的视讯员。这是个重要的岗位，主要是保障电视电话会议。试想一下，如果上级首长正在召开会议，我们会议现场突然黑屏……那将是个啥场面！

不过，这个工作对我来说是小菜一碟，我学得飞快。班长说，要不了十天八天，就把我"放单飞"了。

工作上的游刃有余，不仅让班长每天对我乐呵呵的，还让我在

下篇　军歌嘹亮

连队如鱼得水，很多刚到连队时看起来严肃的老兵也逐渐熟络起来。

寒冬即将过去，一切正向着更好的方向发展。

春天来了，我满面春风，享受着张弛有度的连队生活，渴望着建功立业在军营。

可突如其来地，我却接到了去医院报到的通知。

这是一个简单的、没有正式命令的易岗电话通知。我一脸错愕，众多同年兵一脸茫然。

上午刚接到通知，我随即开始收拾被褥准备动身。

指导员找我谈话，说去医院不是因为我表现不好，而是每年场站都会挑选一两个综合素质好、学历相对高、平时又比较灵光的新兵当医疗学兵，学习战场救护技能。但每年上级下达的离岗培训名额都不多，需要各单位选送，经过筛选后才能去。

我符合选送条件，被确定为本年度选送对象，先去医院熟悉工作。

原来，我是因为表现好才去的呀。

这个机会得之不易、百里挑一。

我想起了我们连队那么多的英雄先辈，看着连队绿色的营房，那一排排历史悠久的古树，还有送别我的那些战友，我这心里没有一丝儿高兴，满眼都是不舍。

我在连队刚和大家熟悉点儿，刚明白这里的一些基本的工作和生活规律，就要去一个人生地不熟的新单位重新开始，我这不是相

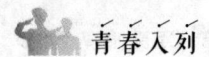

当于第二次"下连"吗?

到了那里没有班长罩着了咋办?没有同年兵聊天了咋办?业务不懂不熟悉咋办?……

管不了那么多了。

革命军人是块砖,哪里需要哪里搬。

当天下午我上岗医院电话值班员。

58
"少说话，多做事"：老士官的经验之谈

医院是场站的一个下属单位。

说是医院，其实就是一个负责官兵基本医疗保障的卫生队，编制也就十几个医生、八九个护士，真有大病，还是得去驻地的陆军医院。

对于在新的环境快速打开局面这事儿，对一般的年轻人来说，可能算得上是一个问题，直接原因是我们这一代人，几乎全都是独生子女。

童年没有玩伴，稍长大点开始叛逆，遇到问题不想和父母沟通，需要帮助时没亲近的人帮忙出出主意，等等这些，导致多数我们这批同年代出生的孩子性格内向，但我们很独立，好胜心强。因为我们成长过程中的几乎所有问题，都是靠我们自己解决。

我就属于典型的这类人。

话又说回来，与多数同龄人相比，我是拥有绝对优势的。因为啥？因为我小学6年级随着爸爸的工作调动，就转学到首都北京，一直是在陌生的环境里打开局面，且6年做了5年班长。初中、高

中一直到大学，也一直是在不同的学校扑腾——可能我有"官"瘾吧，必须当班长，还必须是正的！

到医院后，我首先关注的点是有几个同年兵？我两眼一抹黑，不知道向谁打听，不仅仅是因为谁都不认识，更重要的是，我想留给新单位领导和战友们一个默默干事情的第一印象。

一个老士官是医院领导安排负责带我的老班长。

由于医院驻地就在内场机关大院，日常管理也没有基层连队那么正规，正课8小时以外相对自由。晚饭后，我以拿快递为由，到营门口买了一包香烟（我不抽烟）、两袋黑瓜子，想着去班长宿舍套套近乎。

没等我开口，老班长说："你来自首都北京，见过大世面，言谈举止要更加谨慎、谦虚。医院是纯业务单位，相对于连队学习氛围要浓厚些，有特长要积极发挥。'少说话、多做事'是我的班长当年送给我的，今天我送给你，希望能对你有所帮助。"

"少说话、多做事"，我们连老班长也是这么说的。

老班长的至理名言一字千金。今天，在我成长进步的过程中依然在发挥着千金买不来的作用。

真的，铁打的营盘流水的兵。

兵都是好的，就看怎么带了。

59
值班室风波

操课的军号声响彻云霄。

上午8点整,从不同方向赶来上班的人分散往各个单元不同的岗位。奇怪的是,场站医院哪来的大校军官?

"不懂就别大惊小怪。他们是专业技术军官,走的是技术级。"一间不足10平方米的值班室,两张床铺一台电话,挤着两个值班的上等兵。其中一个瘦小的"家伙"冷不丁冲我说。

我被这突如其来的不友好整懵了。

两个上等兵在小小的值班室开始旁若无人地唠起了嗑:
"我叔叔是海军军官,某某舰队团级干部。"
刚刚撑我的那个小个子,用余光瞟了我一眼:"这年头,没有关系又与身边人处不好,日子也是不好过的。"

我瞬间听懂了他们的弦外之音,不就比我早当一年兵吗?这要是选取了士官,那还不得上天?

第二天。

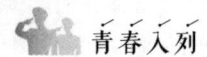

我提前10分钟到值班室，把卫生收拾得干干净净。不为别的，就因为我是新兵。这是自觉，也是规矩。

一整上午四小时，这两位大哥一如既往地边抽烟边吹牛，我就一个人坐在电话机旁傻愣愣地听着，自然插不上话，实际上他们也不搭理我，明摆着就是要给我这个新兵一个"下马威"。

今年医院就没有新兵补入。

我一个人孤立无援。

这样大约过去一个星期。

周五，为了迎接上级的节日安全大检查，医院召开了全体军人大会，内容主要是传达场站召开的主官会精神，就有关违规上网、外出请销假、战备值班、重点部位的安全预防及应急预案措施等进行重点强调和布置，每逢节假日都这样，要做的工作很多。

"下午下班前，你负责把值班室卫生整理好，再有就是假日期间没事就别瞎溜达，值班室就是你的位置！"高个子上等兵不冷不热地对我下达指令。

"昨天飞行进场的通知是直接打给院长的，说是值班室电话没人接，你干吗去了？"小个子狐假虎威地补充道。

"值班室又不是我一个人，你们干吗去了？"我觉得不能够再这样忍耐下去，直接选择了回击，"还有，卫生怎么每次都是我一个人的事情？你们烟头还到处乱扔，能不能尊重一下别人的劳动？"

"你们早我一年入伍，我尊重你们，称呼你们班长，但你们有必要都摆出班长的架子趾高气扬吗？"我还有很多话没来得及说呢，协理员来到值班室："小吴，来我办公室一下。"

［注：协理员是类似于指导员、教导员一样的政工干部，是本单位的政治主官，兼任本单位党委（支部）书记。］

"政工处李干事刚来电话，介绍了你的一些情况，说你入伍前在北京上大学，文科生，在大学校报上还发表过文章，文字功底不错，能不能结合医院卫勤保障中心工作写点稿子投给场站政工网试试？"协理员问我。

协理员问询的口气虽然平和，但对我来说是命令："好的，协理员，坚决完成任务！"

三天后，我以医院正在开展的战场救护岗位练兵为素材，写了一篇一百多字的简讯，被场站政工网选用。

（注：本篇提到的两个上等兵，你千万不要理解错了，他们并不坏，且两个人至今与我的关系都很好。因为每个士兵都要经历从新兵到老兵的成长过程，他们在新兵的阶段，老兵也是这样对他们的，"新兵干、老兵看"，这是部分部队传承已久的真实的兵文化。在紧张的强军备战训练间隙，兵们之间一定程度地隐蔽着这种虚伪和虚荣的"地下模式"，当时作为新兵的我其实是理解和尊重的，我的回撑是不合适的，正确的处理方式是沟通，或者再忍十天八天也就过去了。毕竟，他们年龄还都比我小。）

60
最茫然的时光

在医院工作的医生、护士,都是经过军队院校大学本科、专科专业培训的。就算卫生员也一样,也是要经过军队专业培训机构培训,经考核合格后持证上岗。

我一直在等待上级培训名额和培训通知的到来。

没经过培训,我上不了卫生员的岗位;没有岗位,可不就是一打杂的。

其实,在医院这些天,对卫生员培训通知的下达,我是有着焦急的期待的。

没有培训就没有上岗证。没有上岗证就没有岗位。没有岗位就相当于不是"战斗员"。

这就等同于你是一个战斗员,但不给你配枪!

拔高点说,我是为扛枪而来部队的。不管是什么岗位,那只是分工不同;但没有"配枪"那可万万不行。

可今年培训通知迟迟不下,接下来该怎么办?

我突然间迷失了方向⋯⋯

61
四两拨千斤：我的第二个"小目标"

因为平时捣鼓一些文字的原因，我有幸认识了旅政治工作部宣传科科长张驰。

（旅机关办公楼与场站办公楼在同一个大院，一条马路之隔。）

张科长为人亲切，爱才、健谈。

闲聊中，张科长对自己十多年成长奋斗的一系列故事中，讲得最多也最令他自豪的就是不同时期都有非常清晰的奋斗目标。

张科长认为这是成长旅程的战略性目标确立，是决定一段时期前进方向的纲领性要件。

张科长军校毕业后，被分往黄海前哨的一个航空兵团，从事飞行训练地勤保障工作。而他总觉得自己性格粗放，适合带兵打仗（其实，我也觉得他的性格适合带兵打仗），根本就不是做技术的料。

刚毕业定岗那会儿，想必就像此时的我吧，张科长说他思考了许久，最后，决定寻求改行。

在那个年代，一个皮肤黝黑的一线地勤人员，没有出类拔萃的专长谈改行何其难？目标确立后，张科长决定拿起手中的笔，从写身边熟悉的人和事入手，向《空军报》投稿。一连投了七八篇吧，

结果还真发表了两篇。

一个名不见经传的地勤人员,能在空军党委机关报发表新闻稿,这在全师(当时的师级单位)炸开了锅。张科长很快就被宣传科调走,成了一名新闻干事。

张科长不久就干成了在全空军都小有名气的新闻报道骨干(我从他宿舍保存着十多本各种新闻宣传先进个人的荣誉证书可以看出)。再后来,由一名新闻干事干到了今天主管全旅新闻宣传的宣传科长。

阶段性目标的确立,最终改变了张科长前行的方向。

的确,特别是相对处于迷茫困境中的人来讲,选定一个阶段性小目标,有利于及时调整状态,激活奋进的动能,不懈怠、勇前行,使自己始终保持源源不竭的青春活力。

能者为师。在张科长反复多次的教育引导下,我决定循着张科长奋进的足迹,复制张科长的"目标":拿起笔,给《空军报》写稿。等有稿件发表了,说不定就能引起机关的注意,至于引起注意后能干什么,就没有继续了。

我深信:这是当时能改变自己处境的唯一途径。

62
"李干事"其人

李干事名叫李洋洋，嘘！这可是一个大美女，名副其实的军中绿花。

李干事是空军中尉，场站政治工作处副连职干事，主管新闻宣传工作。有多篇作品在《空军报》、中国军网等众多媒体平台上发表。不光是场站，在全旅都是小有名气的"知名人物"。

我大步流星却又小心翼翼地报告进入李干事的办公室，是在周末快下班的时候，协理员让我去找政工处李干事取文件。

"哎呀，来来，你就是吴风港呀？"

"是的，李干事。"

"听说入伍前在上大学是吧，还在大学校报上发表过文章是吧？"

"是的，李干事。"

"那很好啊，我们就缺少你这样的人才，以后你可以围绕飞行训练保障多写些新闻稿呀。"

"好的，李干事。"

"你别那么拘谨好吗？坐这里来，我们聊一会儿好吗？"

细细柔柔的声音充盈着女性特有的温情、真诚、亲和的魅力和满满的正能量。

李干事齐肩的短发,像北京前门那家薄皮虾仁包子铺透明的包子皮一样,白白嫩嫩的略带红润的肌肤,洋溢的全是蓬勃的青春活力。

其实李干事也没比我大几岁。

我离开李干事办公室的时候,营区的路灯已经陆续开启。原计划拿上文件就撤,我们却非正式地闲聊了近一小时。

有意思的是,李干事仿佛与我一见如故。她一直在认真地鼓励我学习新闻报道,并希望我能在新闻的道路上走得远点,干出成绩。

李干事的真诚和热情,激发了我的自信心。我暗自下决心,要在新闻报道工作上干出一番成绩来。

63
第一篇小短文在《空军报》发表

出于对李干事真诚的思想发动的回应，我开启了日夜不停地积极构思模式。

但写点什么呢？写医院的工作报道吧这需要采访，你一个小小列兵还采访呢，谁搭理你呀？

对了，飞行员是空军战斗力的主体，写飞行训练稿说不定好发表。但飞行员管理权在旅里，我是场站的兵，名不正、言不顺。

我决定向张科长求援。

晚上看完《新闻联播》（部队每晚都要收看《新闻联播》，且是统一组织收看），我给张科长发出了一条求援的信息。

没想到张科长很快就把电话打到了我的值班室。

电话的那头，张科长兴致激扬、口若悬河地讲了将近半小时。我理解，毕竟这是他所从事的专业。我想着，一来在部队期间除了战备训练，业余时间还能做点有意义的事儿；二来吧，说不定运气好还能发表几篇文章，对部队、对自己都是好事。

张科长的大意：就我目前的位置，不适合采写工作报道，理由是兵还没当明白,如何去摆布工作?倒是可以选些自己经历过的有趣的事,或熟悉的具有典型特征的个人,或是入伍后自己的一些感悟等,按小通讯或随笔之类的形式写,权当练练手。

剧情正在循着张科长设计好的剧本继续上演。

我决定以初入军营的感受为切入口,告诉我的同龄人军营是美好的,当兵的感觉也是不错的。《新兵情怀》是在深夜无数次辗转反侧后形成的腹稿。天刚蒙蒙亮,我悄悄起床,去学习室完成了文字记述的初稿。

休息时我用手机拍成照片,自我壮胆地发给了张科长,自我感觉良好地坐等消息。

大约半小时后,张科长回信息了:"写得不错,改完三遍再发我看看。"

啥情况啊?改哪呀?什么都不说,还要改三遍!

这不是求人家嘛,改呗。

"再改!"这是张科长对第二次照片稿的回复。

强烈的自尊心被碾压后,我直接拨通了张科长办公室的电话:

"科长好,您方便说话吗?有事请教。"

"方便,方便,你说吧小吴。"

"您给点修改意见呗,怎么改呢?"

"你不是给报纸写的吗?又不是写作文。文章发表后,空军部队几十万官兵都能看到你的文章。你想告诉人们什么?可涉及些如何面对初入军营的困难、如何处好与新战友之间的关系等。通过你的文章，要不就是让人接受什么教训，要不就给人什么启发，总得要有所收获吧……"

第一次业务咨询让我收获了一个词儿叫"思想"。

任何文章都必须得有思想。就是不能想哪写哪地玩弄文字，千万不要以为文章华丽、文辞优美就能发表。

"没有思想的文章那叫无病呻吟！"张科长说。

初生牛犊不怕虎！我直接将修改好的稿件发给了《空军报》"基层在线"专版。纵然是百分之一的希望，我依然天真地、信心满满地等着。每天上午10点左右，收发室报纸一送来，我的眼睛就直勾勾地盯着第三版"基层在线"专版，从右边最下角逐篇往上找，总幻想着说不定哪天就能找到自己的名字。

2018年3月15日，《空军报》"基层在线"专版以《这是勇敢者的事业》为题，大幅改动后予以刊发。

这是勇敢者的事业

我出生在军营，在军营长大。出于对军人职业的向往和对军营的留恋，去年，我毅然选择休止大学学业参军入伍。有人说大学上得好好的当什么兵呀？是的，我要用行动去告诉他们我的选择是正确的。

刚到新兵连时，军营的威严，几乎在一瞬间，让我这个在首都上大学的北京娃头顶的光环烟消云散。我默默地告诉自己：这回只能靠自己了，前进的方阵没有救兵！

我遇到的第一个困难是相处，和班长、和战友们相处。虽然"战友、战友亲如兄弟"的歌声唱得山响，但大家来自五湖四海，性格迥异，习惯迥然，又都有着独生子女特有的娇情和自私，真要处成兄弟，并不像指导员的教育课上讲得那么简单。大约半个月，我大概琢磨出，大家之所以对我若即若离，主要在于我过于锋芒毕露，总以为自己来自大北京，来自首都高校，不经意间目光向下，稍许有点盛气凌人，无形中疏远了与战友的距离。症结明确了，我及时调整心态，把所有人都当朋友，保持尊重，多看优点，在训练、内务、体能训练等各项工作中与大家步调一致、共同进步。果然，你敬人一尺，人敬你一丈，战友真的亲如兄弟！在副班长选举中，我几乎全票当选。

我遇到的第一个挑战是基础训练。站军姿，这军姿一站就是两小时，站到你腿软，站到你腰如灌铅，纵使风凛冽、腿发抖，但你必须靠意志坚持；齐步走加速定位，正步走一令一动，指挥的班长没有停的口令，你就必须得"腰杆当家"咬牙这么悬空绷着。几个回合下来必定大汗淋漓。父亲说过："新兵连这三个月，能教会你这辈子怎么站立、怎么走路、怎么坚持。"老军人的话总是切中要害。是的，军人必须服从命令，铁的纪律是战斗力的保证。

训练场上的挥汗如雨，器械上练习的精疲力竭，格斗场上一次次的"视死如归"，无时无刻不在强健着我们的躯体，无时无刻不在锤炼着我们的钢铁意志。这是勇敢者的事业，只有拿出勇气，才能突破极限战斗到底，成为一名合格的战士。

回想这半年多的部队生活，虽然困难重重但也简单充实。谨言慎行、不卑不亢可以解决与战友之间的矛盾；眼中有活、少说多做可以树立在集体中的形象；服从命令、勇往直前可以让你成为训练中的佼佼者；淬火锤炼、百炼成钢，我们才会成为未来战场上的利刃，不负重托，用我必胜。

军人是勇士。军人是真男人。我们是人民的子弟兵。我荣幸成为一名军人，只要祖国一声令下，我们攻必克，战必胜！

64
没想到，"出名"竟在一瞬间

一个刚下连队的小小列兵，能在《空军报》上独立署名发表文章，在基层部队那可是不小的事儿。听李干事讲，这在全旅是"破天荒"第一个，在全空军也不多。

协理员直接来到值班室："吴风港，你小子行啊，跟我来办公室！"

看见了吧，平日里很少有笑容的协理员，此刻就像中了什么大奖，又好像是自己有文章发表了似的，那喜悦……

"协理员，你核实一下，今天《空军报》上发表文章的吴风港是我们场站的吴风港吗？"协理员正在办公室表扬我的时候，政治工作处梁主任电话就打过来了。

大约过了十分钟："协理员，你让吴风港到政工处来一下。"电话里是李干事那令人愉悦的女高音。

中午去餐厅吃饭的路上途经营区主干道，我惊喜地发现旅机关西侧巨大的电子屏上赫然滚动展示：

3月15日：《空军报》三版《这是勇敢者的事业》，作者：

吴凤港。

（注：旅机关的电子屏是用来展示全旅动态、重大工作安排、重要工作会议精神传达学习的重要平台。但只要《空军报》上发表的稿件都会滚动播出，对作者是个鼓励，对机关、部队也是一个促进。官兵们尤其是机关干部，都以名字能上大屏幕"滚动"为荣。）

实话说，这篇小稿子的刊发，虽说在意料之中，但着实又十分意外。李干事说，她一年在《空军报》上稿也就十篇左右，这大概也是全场站在《空军报》的上稿数量。而我一小小列兵，居然就蹦跶上了《空军报》，李干事激动地要自掏腰包为我庆贺。

"小子，晚上想吃啥？"
"牛肉！"我不假思索地说。
"说真的，不是吹牛。"
"我说的也是真的：牛肉！"
（此处省略500字……）

当晚，李干事在自掏腰包的牛肉大餐后，给我的鼓励和提醒令我步履蹒跚，仿佛周围都是眼睛，从不同的视角在审视着我，以至于我在行进的路上都不敢环顾四周。

第二天果不其然，我上稿的消息在医院迅速传开。大家只要见我都会说几句奉承的好话，或是一些鼓励加油什么的。

这是一种压力，也是自律。

65
来自科长的鼓励

"老爸,我写的一篇小稿在《空军报》刊发了。"

入伍前,我和爸爸有个约定:自己选定的路自己走,没事少打电话,报喜不报忧,有泪找没人的地方自己流。

我理解为:再大的事儿自己扛呗!

在一个相对安全的环境里,放手让年轻人去迎接各种挑战,去独立处理各种矛盾和问题,是一种锻炼,也是一种爱。

发表文章是我下连队三个多月来最开心的事。

按照约定,我用短信的形式告诉了爸爸。没有期待表扬,主要是履行"报喜不报忧"的承诺。我能想到,老爸此刻想说什么。

下午上班,旅宣传科张科长通过李干事,让我去一下他办公室。

"报纸看到了,提出表扬。"没等我开口说谢谢,张科长开始了他给我上的第一节新闻课:

关注《解放军报》和《空军报》,每天《解放军报》二版要闻、《空军报》一、二版消息都要精读。

副刊文学类作品可以用业余时间尝试着多写,要尽快往工作报道方向发展。新闻稿要对构成新闻的基本要素进行深入研究。

要把功夫下在采访和稿件修改上。思想琢磨好后，百分之七十的精力用于采访，百分之二十的精力用于改稿子，写稿只是对采访内容进行遴选归纳，百分之十足够了。

我基本没有插上几句话。

我真切地感受到，这位爱才的张科长不经意间流露出的喜悦和对我的厚重期望。

这篇小稿的发表和这次张科长的新闻课，对我计划中的两年军旅发生了方向性的改变。张科长的表扬，特别是新闻写作上的点睛指引，为我后来热爱上并从事新闻写作播下了激情的种子，也注入了源源不竭的动力。

好戏还在继续……

66
政委是多大的官儿

去机关拿文件的路上,我遇见了我们场站的政委。

我们政委叫郑耀,河南人,高高的个子,一脸阳光,一身正气,属于作风过硬、雷厉风行的那种。

政委是多大的官儿?

政委有大有小,大的有上将,最小的至少也得是中校。我们政委属于最小的政委,空军上校。

我这样告诉你可能会更清楚些。知道县长和县委书记吗?地方叫正处级,和部队正团是一个级别的。

政委作为单位主官,在士兵心目中的形象既遥远又亲切。遥远,主要是职务上的敬畏,我们只能远远地"首长好""政委好"地喊着,无事不敢靠近;而我们政委亲切,他总是和蔼地呼喊着你的名字,心情好的时候,偶尔还"小张小王"地叫着,或交代点什么,或嘘寒问暖。这不……

"小吴!"正在急匆匆赶去拿文件的我被身后洪钟般的男低

音叫停了脚步。

"到！政委好。"我转身向政委军礼问候。

"到医院工作快三个月了吧？怎么样？还习惯吗？"

"报告政委：习惯！"

"还没接到通知吧。今年卫生员培训计划取消了。政治工作处与你们连队协调，准备让你回连队，继续履行你的视讯员职责，暂住电影组，协助场站新闻报道工作，具体你们指导员会找你谈。你有什么想法？"

"我……我服从命令听指挥！"

"新闻工作很出息人，也很锻炼人。能在《空军报》独立发稿，说明你文字功底不错，但还要多努力，趁年轻，吃点苦对将来有好处！"

"明白，政委。政委，再见！"

当天下午，我奉命回到了我熟悉的连队。

连长、指导员在连部你一句、我一句地交替交代着：

"视讯员在通信连是一个十分重要的岗位，主要工作是全旅视频电视电话会议的'零差错保障'。这可关乎军令、政令的畅通，要尽快熟悉岗位，你们班长郭志愿是全区业务骨干，在岗位练兵中获得过全区第一名，业务培训由他负责，一个月后，连里要组织对你的上岗考核。"连长说。

"视讯班是我们连的分散小点之一，宿舍和工作场地在与电影组一墙之隔的文化活动中心。你们班就一个宿舍，现在已经住了两人。让你住电影组主要是出于'战士不准住单间'考虑，管理权在你们班长，但你要主动与电影组的老兵打成一片，接受他们的管理监督。"指导员还说，"视讯班和宿舍离机关近，没有保障任务时，你的岗位在政工处,电话通知就是这么明确的。要服从机关的管理,勤动脑、多动腿、多上稿,为连队争光!"

我一个列兵哪里懂得那么多。

我坚定地回答:"请连长、指导员放心!"

我就差点儿没说出:"工作、跑腿两不误呗。"

67
小小列兵挑大梁

简单说明工作意图后,场站政治工作处张副主任领着我直接去了李干事办公室。

"吴风港,你选的兼职报道员。住电影组,命令为通信连视讯员,正常参加视讯班的工作,没有视讯保障任务时,主要协助你开展新闻报道,管理和安全由你负责。好好带!"

张副主任满面春风地交代完后,就去飞行训练现场了。看得出,对我这个列兵的到来,上下还是比较欢迎的。

对于我的工作,张副主任特别给李干事交代:上级有电视电话会议或旅、站有会议保障任务,按连队的工作安排正常参加保障;没有会议保障任务到政治处上班,一来便于了解掌握全站工作进度,二来吧,方便你的培养带教。

(注:电影组只有一个电影组长、一个放映员的编制,我下连的时候人员是满的。视讯班与电影组一墙之隔。视讯班的宿舍已住了两个人,按照部队战士不允许住单间的规定,我就住进了隔壁的电影组,与我同室的是一个中士。)

"走，带你去其他办公室转转，熟悉熟悉。"

"张干事，分管组织；梁干事，分管干部；这位是刘干事，分管教育……以后要多向他们学习请教。"

我一声不响地跟在李干事的身后有模有样、不卑不亢。

李干事貌似把我当成了新来的"干部"。我跟在李干事身后诚惶诚恐。

李干事非常专业地介绍了一些场站全面工作的几个新闻点，以及旅机关和上级宣传部门对不同媒体平台刊用稿的量化计分情况。

我知道了场站新闻宣传工作形势的严峻。

李干事给我明确了视讯员之外的工作岗位是新闻报道员。同时强调："视讯班会议保障任务其实不是很多，主要琐碎零杂小事多，我会向主任建议，公差勤务会与你们连队协调好，在处务会的时候把一切说清楚。还有就是摄影、摄像设备抓紧熟悉，以后都是你的差事。"

我心想：我这是一人当两人用了呗。

张科长经常挂在嘴边的一句"名言"：宣传工作是党的宣传工作。李干事强调的是：新闻宣传要围绕党委的中心工作开展报道。

"传承红色基因，担当强军重任"是今年专题教育的主题。李干事出的第一个选题，就是围绕红色基因的传承"先琢磨琢磨"。

我一个列兵，本身就是受教育者和被管理者，现在却要站在教育者的高度，纵览全站单项工作展开工作报道，稍加犹豫就可能被困难击溃。我决心赤膊上阵，向内心众多的"不可能"挑战。

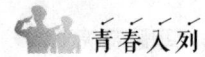

经请示李干事并报副主任同意，我选择了导航台官兵几十年身居果园不吃老百姓果子这个新闻事实，带着必需生活用品直接住进导航连西近距导航台，与驻台官兵同吃同住，近距离了解他们的工作、生活，说不定会抓到"一条大鱼"。

我坚定地认为：红色基因的概念明晰，是我军从胜利走向胜利的传家法宝。一些久远了的优良传统，需后来者赋予时代新的色彩，更需要创新地传承。当年，导航台官兵流传下来的"身居果园不吃老百姓果子"的好传统，历经30多年的时代变迁，现在怎么样了？又是如何一代一代传承并坚持下来的？深挖下去，一定会有符合时代节律的清泉流出。

采访是艰难，但又是顺利的。

说艰难，那是我缺乏采访经验，一时间采访不到我想要的典型事例；说顺利，那是因为导航台三个兵，谈到30多年前他们老台长胡文平拥政爱民的典型故事，现任台长陈伟清清楚楚，讲述得真真切切。

从老台长到现任台长已经13任。这不就是传承吗？

相对于三九寒冬，苏北平原的春末夏初白天要比冬天长很多。晚餐都吃完了，7点多太阳才刚刚临近西边地平线。

晚饭后，我缠着陈台长散步，顺便考察一下导航台周边的社情。

导航台是导航连的分散小单位之一，分东远距和西近距。陈台长告诉我：远距导航台离机场较远，有50多公里，负责为空域训练的战机提供机场方位引领；近距导航台就在机场西头，大约离战机着陆处也就百米距离，为返场战机提供着陆导航等。

我采访的是近距导航台。一个小院，三个兵。

现在的导航台与30多年前身居果园可是天壤之别。20世纪90年代初期，城市重点建设项目淮海食品城与导航台小院仅一墙之隔，城市的喧嚣与静寂的军营形成了鲜明的反差，但所剩几个小苹果园，依然和导航台官兵一起坚守在那里，见证着导航台官兵"视人民如父母，把驻地当故乡"的鱼水深情。

"一个台站三个兵"，就是它了！

一个多星期的艰苦折磨，得来竟是如此简单。

我用了不到两小时的时间，完成了我人生第一篇新闻稿。标题就叫《一个台站三个兵》。

一个台站三个兵

空军某飞行学院的机场导航台，一个台站三个兵，常年担负着为飞行训练返场战机的着陆导航任务。建台48年来，一茬又一茬的驻台官兵坚守"台站虽小责任大于天"的信念和军人职业操守，在远离连队、靠自己管理自己的环境下，仍然自觉按军队的条例条令和规章制度规范自身的战备、训练和一日生活，数十载没有发生人员违纪和地面责任事故，连续48年保障飞行训练优质场次率100%。

和空军部队所有导航台一样，因为任务需要，他们必须在远离连队的机场尽头"全天候"常年驻守，随时为本空域作战、训练和转场的战机开机导航。三个战士年龄最大的34岁，最小的22岁，因为战备值守不能参加连队的日常训练、学习和集体生活，丰富多彩的军营与他们"无缘"，美好的青春年华只能在这个不足100平方米的小院，与导航设备和隆隆的战机轰鸣声为伍。

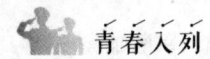

一级上士、第13任台长陈伟告诉笔者,导航台虽然是自我管理型的"小、远、散"单位,历任官兵始终坚持:台站虽"小",但责任重大,关乎飞行训练安全;离连队虽"远",但连、台一体,一日战备、生活制度与连队同步;驻地分"散",但军心不散,严格按照军队的条令条例自警自律。小小台站三个兵,有训练保障任务就像"一级战备",以冲锋的姿态全身心投入、一丝不苟;保障间隙,学习、训练井井有条,自身要求不放松。近半个世纪以来,连队的政治教育计划一课不落;业务训练有计划、有落实;每天坚持出操和体能训练,风雨无阻;每周一次台务会雷打不动;因事外出有请销假、有登记。军队不同时期的制度和规章,是他们铁的纪律和必须遵循。

空军中士、导航员陈成耀不无俏皮地说:"我们单位虽小,但集体温暖。台长对我们要求虽然严格,业务不含糊,但平日里待我们亲如兄弟,业余时间还教我们下棋、种菜。你们看(小陈指了指门前的小菜地),这些菜马上就可以吃啦。"

时至今日,这个导航台台长换了13任,在台工作过的导航兵55人,有8人荣立三等功,53人受到连队嘉奖,被该部领导和机关誉为"最优质的团队,最放心的单位",多次受到来该台站检查的上级机关和首长的表扬。

李干事把我写的这篇习作发给了中国军网。

5月24日中国军网发出后,新华社客户端以《空军某部官兵传承拥政爱民光荣传统》为题进行全球播报,后来,中国网、央广网、光明网等多家融媒体平台也配多幅照片进行了转发和公开报道。

这一役……

68
幸运6月，辛苦付出后的惊喜连连

需要特别浓墨重彩留下精彩印记的，当属中央军委机关报《解放军报》。

路过操场时，我看见我的一个同年兵正在训练场上挥汗如雨（我认识他，新兵连在五班，总是犯迷糊）。我从窗外远远望去，这贼精灵的小个儿这会儿的小可怜样，让我想起了新兵连我们班的战友刘喜祥。

刘喜祥，河南焦作人，差不多是全连最小个儿，在我刚进班一筹莫展时，教我铺床、叠被子；在我感冒发烧的时候把开水放在我的床前；在公开竞选副班长的时候，又不畏"强手"信心满满和我一决雌雄。新兵连解散后，多数人来不及互留联系方式就各奔东西。

刘喜祥，你分到哪里了？你在老连队还好吗？

情到浓时，我情不自禁地为刘喜祥写了一篇散文《想念我的"竞争对手"》。我觉得这小文章写的是真事、讲的是真话、流露的是真情、传递的是正能量。成大事者"往高处立，向宽处行"，我"越级"发给了《解放军报》"长征"副刊。

你猜咋的?

6月8日,《解放军报》副刊居然以《想念"竞争对手"》为题,在右首以1500字左右的较大篇幅发表。这里占用你一点时间,带你认识一下我多次提到的这个刘喜祥。

想念"竞争对手"

从入伍到现在转眼已过去八个月了,每每回想起新兵连的时光,总有一个人第一时间闯进我的回忆。他既是我最亲的战友,也是我最尊敬的"对手",他叫刘喜祥。

刘喜祥在河南洛阳入伍,小小的个子,尖尖的脑袋,略黑的小脸上镶着两只玻璃珠一样的眼睛,时刻闪着灵光,给人一种机智、干练的感觉。刚进班时,他最先引起了我的注意,但并不是因为他的外貌,而是他的热情让我记忆犹新。

我刚到班里的时候懵懵懂懂,初入军营的喜悦夹杂些许莫名的紧张。刘喜祥是班里早我两天第一个到的新兵,所以比我们先明白规矩和标准。是他帮我铺床单、收拾物品,告诉我内务该怎么摆放。他的热情帮助让当时手足无措的我少犯了很多错误。从那时起,我就把他当成了"标杆",生活、训练中都总是留心着他的动态。

可能是因为入伍前在地方有打工的经历,小小年纪的刘喜祥能吃苦、很干练、有眼色,什么活都抢着干。相比之下,我这个大学生兵就显得笨手笨脚了。他经常受到班长表扬,明明是班里最矮的个儿,却想着站在排头的位置,足以证明他表现得多么出色。第一次班务会上班长着重表扬了他。至于我嘛,中规中矩,班长讲评也就一句带过。

我是一个十分要强的人。我默默地告诉自己：要把他从"标杆"变成"标靶"，瞄准他，超越他！自那以后，我看我的被子就越来越不顺眼，因为他比我的标准更高。于是，每天我都会早起十分钟把被子压一压，掐边的时候也更加细致；队列训练集中全部精神，每个动作都全力以赴，时刻提醒自己标准要高，不许偷懒；体能训练更是咬紧牙关，哪怕只剩下一百米，不把他超越便不能松劲。在我的不懈努力下，我的各方面能力都得到了全面的提升，班长表扬的次数多了，连排头也变成我了。

后来，我知道连里要评选任命副班长，刘喜祥也马力全开加入竞争行列，因为他的存在，当时的"选情"变得复杂。于是我从学习、内务、训练到公差勤务，全方位发起冲刺，同时发挥自己擅长演讲的优势，在评选中占得先机。最终我在投票中获胜，如愿当选副班长。

刘喜祥并没有因为竞选失败表现出失落，反而对自身要求更高更严，对我的"领导"也没有表现出抵触。他的踏实和干劲一直激励着我，让我每天都斗志满满。"对手"的这份激励使我变得更加优秀，获得了"新训尖兵"的荣誉。

谢谢你喜祥，你是我一起扛过枪的至亲战友，亦是策马鞭，时刻鞭策着我不断前进。是你和我"比着干"让我变得优秀；是你和我"赛着跑"让我可以跑得更远。怀念和你一起拼搏一起奔跑的日子，期待你在遥远的兄弟部队早日有喜讯传来。

（注：刘喜祥现为空军某部场务连养场兵。）

大约半个月后，我收到了《解放军报》一位名叫刘业勇的编辑老师给我的亲笔信。

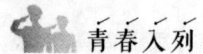

吴风港同志：

您好。你的作品《想念"竞争对手"》已发本报6月8日"长征"副刊右首位置，标题和内容均做了点修改，不当处请批评。

顺颂

夏安

解放军报 刘业勇

2018.6.8

你也许不一定知道《解放军报》编辑给一个还没入门的文学新兵写亲笔信意味着什么，那不仅仅是肯定和鼓励，那简直就是"兴奋剂"啊。

刘业勇老师与我素不相识。但我内心深处至今还为他留着至高至上的位置。

这篇稿子在《解放军报》刊出，对我下决心把文章写好发挥了极大的促进作用，也极大增强了我对"文章真的写好了就真有发表可能"的自信心。

69
一个典型一片天

在全军部队大力开展"传承红色基因，担当强军重任"主题教育的大背景下，导航台这个小典型的推出，无疑对部队的优良传统传承起到了积极的推动作用。

场站部队各建制单位追根溯源，纷纷把自己单位组建以来不同时期涌现出的爱岗敬业先进典型进行深度挖掘，用现代先进的多媒体手段或绘制成系列宣传画，或制作影像资料作为专题教育的优质题材，在官兵中广泛宣传。

一时间，以各自典型为背景的文学创作、演讲比赛、岗位练兵等系列活动蓬勃开展。在本职岗位向典型学习、强军路上向典型看齐的强大声势，在全站迅速掀起高潮。

从营区到飞行训练保障现场，官兵爱岗位、强本领、创佳绩的勃勃斗志蔚然成风。

一个典型一片天。

新闻宣传工作也出战斗力！

围绕进一步推进主题教育在全旅部队的深入开展，旅政治工作部召开全旅机关和政治干部、政治主官参加的专题政治工作会议，

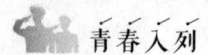

进行专题研讨和部署。

我这个小小列兵,应邀作为教育对象的士兵代表(也可能不是这个身份)列席参加。

我没有按惯例坐在会场的某一个角落。

我被安排在机关干部席位入座。

旅政治工作部韩主任对全旅部队开展主题教育情况进行讲评后,"言归正传"地把话题转向了全旅上半年的新闻宣传工作形势分析。

学院党委、首长对部队主题教育进展和效果转化高度重视;对围绕飞行训练和主题教育等主旋律开展新闻宣传高度重视。

"我们旅的前身是空军航空兵某师,历史悠久、人才辈出、战功卓著。半个多世纪以来,在'一江山岛'、入滇作战等多次战役、战斗中表现英勇,为黄海前哨的防空安全和空军战斗飞行员成长模式改革作出了卓越贡献。涌现出了数百名共和国一、二、三等功臣,多名同志受到党和国家领导人的亲切接见。场站原副站长王春连同志还应邀参加了国庆观礼。近两年,汽车连原指导员曹世奇同志又被空军授予'学习党的创新理论模范指导员'荣誉称号。在座的都是政工干部,要全旅一盘棋,迅速掀起学典型、强本领、谋打赢的热潮。旅机关要会同场站政工处,合力对全旅部队的红色基因传承进行梳理宣传。这里要特别表扬一个人……"

韩主任表扬的这个人,你懂的。

韩主任在政工会上点名要我参加初稿的搜集和撰写。

我以《融入"英雄"元素：激发军人战斗豪情的军营文化》为题，独立撰写了3000多字的通讯（因文章较长，这里就不耽误大家的时间了），《空军报》以《让英雄元素激发战斗豪情》为题，《军营文化天地》以《让军营文化融入"英雄"元素》为题，配图片分别做了半个版面和三个页码的大篇幅报道；人民网、中国网、中国军网等融媒体平台跟进做了原文播发。

这篇稿子一波三折的采访、资料查阅和数不清夜以继日的改稿、审稿，以及寻找当年的先进典型核实细节，付出的劳苦不言而喻，但过程和结果是幸福和快乐的。

面对越来越多的掌声和赞扬，我开始了"自我降温"式的冷静思考。

好在我这个人哪，一直有着很强的危机感和自我管控意识。比如，上大学时，家里每月给的生活费，别人都不够花，而我每月都会有结余，我是不可能让自己身上的钱全部花光的，我要节省出足够的数额来应对不可预测的突发情况。

今天也一样，越是骄傲的时候越需要冷静。

我没有沾沾自喜，也没有"飘"。我牢记我的新闻领路人张科长常说的"新闻工作是党的新闻工作"，我只是在努力完成领导交给我的任务。

尽管，我还不是党员。但我清楚我服役的军队是党绝对领导下的人民军队。

70
以负重的姿态前行

炎热的 7 月，苏北平原的气温，感觉上要比华北平原略高两三摄氏度。

习惯了北方的生活，南迁了近千公里还算适应。好在热是热，但天气还算干爽。就算是梅雨季节，这里一年也没有几个"桑拿天"。

我是极其怕热的那种。

除了视讯员本职工作多次受到连队表扬外，三个多月的采访、写稿、改稿、审稿，跑连队找指导员和教导员聊思想、学习文件、研究报纸、寻找报道动向，我几乎每天十五六个小时都处在工作状态，晚上很少有 12 点前回宿舍休息的。

我觉得这样下去不行。以前辛辛苦苦练出来的腹肌、胸肌，这才半年多点，就已经消退到几乎找不到痕迹。

我决定恢复锻炼，并制订了一个锻炼计划，先从跑步开始。

夜短昼长的夏季，晚饭后有足够的时间。

我们部队有很好的训练场所，400 米标准塑胶跑道，绿草茵茵的足球场、一字排开的灯光篮球场，室内羽毛球馆，还有飞行员专业体能训练设施，滚轮、旋转梯等应有尽有。

郑政委手提文件袋自西向东、由远而近向我走来。

一身体能服、脚穿运动鞋的我第一反应：回避、逃离！离开主干道，快速进入训练场。

因为敬畏所以远离。这是士兵见到首长的本能反应。

"吴风港！"郑政委仿佛加快了脚步。

"到。政委好。"

"挺休闲啊，年纪轻轻身强体壮的跑什么步呀？"

"您不是说，强健的体魄是战斗力的重要组成部分吗？"

"少贫啊。最近发了不少稿子，你小子行啊！"郑政委一脸认真，边说边引领着我步入塑胶跑道，开始了闲谈式的工作交流。

"新闻宣传要围绕中心工作开展报道。工作层面你一个士兵可能还不是很懂，这不怪你。首先，是飞行训练保障，在当前强军备战大背景下，如何不等不靠，提高现有装备的保障能力，我们场站有一些好的做法，你可以找参谋部的相关同志了解一下；再有就是牵一发而动全身的安全工作，站党委一直死盯死守，这是全局工作的底线，是你们政工处主抓的，可以找你们主任聊；部队的管理工作，是部队建设中的重要环节，也是经常性主要工作，要与时俱进常做常新，管理工作才会有效益；创新教育形式、提高教育质量是部队永恒不变的主题，基层指导员、教导员、协理员都在教育一线，你可以去找他们聊……明天我让机关给你制作一个采访证，同时在政工会上我会要求基层主官给你配合，为采访提供方便。"

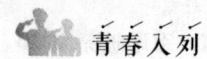

郑政委"老组织"出身，机关、基层任职经历丰富，一向思维缜密，作风干练，决策力、执行力都很强，口才一级棒，语速也很快，在场站部队享有很高的威望。

郑政委在跑道上"陪"着我一圈又一圈地溜达。

一个空军上校，一个刚入伍不久的列兵。

不是我有多大的魅力和面子，而是一个领导干部对军队建设事业的忠诚，对党的新闻宣传工作的重视和期待。

今天的锻炼计划取消。

目送着郑政委离开的背影，我直接去了机关办公楼。

打开办公电脑，我把政委交代的任务，用文字简要记录下来，这是我接下来寻找新闻线索的方向。

重任在肩，我负重前行。既是一种动力，更是一份责任。

71
高调做事，低调做人

早就有传言，李干事要去上学了。

李干事除了新闻宣传，还分管了计划生育、机关内勤等其他工作。在我们场站，一个人干好几个人的工作是常态，就如同我一个列兵，还视讯班和机关两头跑，整天忙忙碌碌倒也充实，乐在其中。

这叫一专多能，也或者叫能者多劳。

自从我开始独立发稿以来，李干事和我谈论新闻的话题就慢慢少了，不断收到的是她当面给我的鼓励和祝贺。

李干事是我的老师，和张科长一样，都是我新闻入门的领路人。

没多久，李干事真的走了，带着办公室满屋的女性芳香上学去了。

接替李干事的，是我们连的副连长郑雯雯。我现在称呼她为郑干事。

郑干事是部队为数不多从大学毕业入伍士兵直接提干的。她为人谦和，属于慢性子，不怎么有脾气，话也比较少的那类人。

"吴风港呀,我现在得叫你老师了。"

"别别,副连长……哦不,郑干事。您别开我玩笑了,我就一列兵,您叫我名字或小吴吧。"

"能者为师嘛。再说了,你现在可是全旅的名人,大屏幕天天都在'滚'你。新闻我可是一窍不通,以后我会多多请教,你也多带带我。"

郑干事眼神很认真地看着我,一字一句地说。

我感觉到了她是认真的。

郑干事第一天上班,气氛在谦虚和友好的氛围中开始。

处务会。按照郑干事通知:我列席参加。

梁主任对我进行一大通表扬后,对近期全处工作进行了讲评和重新分工。明确我除了正常参加连队的政治教育、业务学习和视频会议保障外,退出视讯班公差勤务等日常琐事,协助郑干事开展新闻报道。

虽然是协助,可我不知怎么,突然间莫名地压力山大。

毕竟,就像郑干事说的,旅机关楼前的大屏幕天天都在滚动我的名字,首长和机关以及全旅官兵谁不知道我呀。

俗话道:"人怕出名猪怕壮!"

我毕竟年轻,难免有些时候面露骄傲,可能让别人觉得不舒服,我想这样的事是有的。

接下来我的策略:低调做人,高调做事。

低调做人：说白了就是自律，按照部队一日生活制度严格要求自己。记住老班长说的话：少说话、多做事。

高调做事：我已意识到谦虚和谦让都解决不了问题，郑干事没接触过新闻这是事实，上不上稿各级都盯着呢，不努力拼上稿数量和质量，说不定人家还认为我上了几篇稿子就骄傲自满，继而停滞不前了。

除了选择拼命奔跑，我毫无退路！

72
必须不负重托，一脚踏进强军路

压力山大。

压力并非来自本职工作。

就我们视讯班来说，一个月也保障不了几次会议，设备都是预先调试好的。正常情况下，一次会议最多也就个把小时，且保障时班长都在现场，你说能有多大的压力？

学院每季度都有上稿数量的量化统计，这也是宣传战斗力成长、鼓舞士气、激励斗志的必要之举。真要在全院统计中每次都垫底，就算领导不说，就我这性格，也是绝对过不去的。我就一列兵，你说压力大不大？

一张报纸最多也就发一二十篇稿子，有时还要发一些大篇幅的专题呀、深度报道呀什么的，版面的紧缺可想而知。

加之新闻这条路上人才济济。与那些专业的新闻前辈、"大佬"相比，我这个列兵根本就不在一个量级。

退缩就不是我的风格，必须不负重托！

好在这个时代宣传媒体发展迅速，融媒体平台有效拓展了新闻宣传的渠道，提高了宣传效力。比如，中国军网、中国空军网以及中央和国家级各类网站，发稿也纳入上稿数量的量化计分，报纸发不了的，可以给这些网站。这在一定程度上有效减缓了报纸刊稿和通讯员上稿的压力。

强手如林的"独木桥"。
没有别的捷径可走，一切靠稿子说话。

《空军报》是空军内部发行的军种报，空军舆论宣传的主阵地。全空军的大项工作、军事斗争准备及练兵备战的阶段性成果，在这里都有展示。
在强军备战主干道之外的文字，写得再好充其量也就发一小"豆腐块儿"，且不管什么样的领导，都希望本单位的中心工作能在《空军报》上有所反映。
这意味着空军党委和机关的肯定。

我决定换一种思路，目标直指飞行训练现场。那里有战机、有飞行员。

思路一变天地宽。
一批饱含着浓浓战味的新闻稿，在后来的半年里陆续被《空军报》刊发，其中有《开局就是决战》《立起实战"标尺"检视日常训练保障》《紧贴实战锤炼单兵驾驭新装备能力》等消息稿，或是一版要闻位置，或以较大篇幅，或是版面头条给予重点报道；经验消息稿《起飞就是升空作战》居然还上了《空军报》的头版头条。
（注：因文稿涉及军事训练，这里我就不展示了，节省大家的宝贵时间。）

73
没有结束的小结

其实，新闻宣传工作我是干到脱下军装的最后一天。

直到第二天我都要参加老兵退伍仪式了，晚上我还在办公室加班到凌晨2点左右，因为主任交给我的反映场站部队思想政治教育综述的稿件，临近退伍，心绪有些散，迟迟没有脱手送审。

我是讲感情和感恩的。

领导关注的事儿，我必须十二倍努力去完成，即使明天离队也不例外。

这一年多来，我共在《解放军报》《光明日报》《中国青年报》《中国妇女报》《法治日报》等中央新闻单位，人民网、新华网、央视网、中国网等融媒体平台发表新闻稿件300多篇（幅），本单位新闻宣传工作走在学院前列，被《空军报》聘为最年轻的特约通讯员，被上级机关和所在单位评为年度优秀新闻工作者。

这不是个人总结。

我只是觉得新闻宣传工作不能再铺陈文字了，要不然会有在您面前卖弄之嫌疑，所以，到此打住。

我十分感谢最初发现我这个"人才"的领导；感谢张科长、李干事等不辞劳苦教我写作方法的新闻老师；感谢那么多发我稿子的、素不相识的媒体和媒体人，尽管我不知道他们姓甚名谁、身处何方。

我又想起了新兵班长"有特长就要展示"的告诫，只不过可能不是谁都有这么幸运。就好比我们班天天嚷嚷着自己会做糖醋排骨的那个"吃货"兄弟，最终也没能分到炊事班展示他的厨艺，而去了警卫连站岗。

74
精武强军在路上

我们旅作为训练单位，不在战斗力的第一方阵，在部队建设和人才成长方面，是不是多少会受到些影响？

答案是否定的，在空军岗位练兵大比武中，仅我们场站就有12个专业夺得全院比武冠军，2个专业在空军取得第一名的好成绩。

官兵高昂的斗志和源源不竭的精武动力从何而来？

我所能找到的并能说服自己的答案是：使命和责任！

我的童年和少年都生活在军营里。

久远的记忆里，当年的军人都是英姿挺拔、军容严整，步伐坚定，特别是军官清一色板板正正。

而今天，除非重大集会，你基本看不到穿着制式常服的军人。从机关到部队，官兵一身迷彩服步履匆匆，好像战争就在眼前。

20多年的岁月不算漫长，这支军队发生了质的转变，得益于军队军事战略方针的调整，得益于空军"由国土防空型"向"空天一体、攻防兼备型"战略思想的转变。

采访中，我认识了一位年轻的飞行教员。在谈及二代机在军事斗争准备过程中的地位和作用时，这名飞行员告诉我八个字："不可或缺，不可替代"。

我觉得这位飞行员说的是有一定道理的。

人民空军"首战用我，用我必胜"的战斗意志，需要全军各个岗位战斗员的苦练精训、各司其职来支撑，需要"犯我中华者，虽远必诛"的磅礴气势来彰显。

路漫漫其修远兮。

精武强军在路上。

75
向党组织提交"入党申请"

2018年7月1日,我向党组织递交了入党申请书。

我以共产党员先锋队的标准、以战斗员的姿态、以更加突出的工作成绩接受党组织的考察。

76
"机关兵"二三事

在部队,"机关兵"貌似是"优越"的代名词。我却不这么认为,尽管我不是机关兵。我的岗位是通信连视讯员,我在视讯员的岗位表现也一样十分出色,连队军人大会上被点名表扬也是常有的事。

机关是党委的办事机关。党委、首长对全面工作的指示、部署,都要通过机关来发布和传达。

干事情、挑大梁的,都是从基层挑选上来的综合素质相对较好的优秀干部。听说团以下机关是没有士兵编制的(我不知道公务员算不算机关编制),我们政治工作处有四个:勤务班班长彭勇,电影组一个组长、两个放映员。

彭班长是"熟透了"的老同志了,就像一位老大哥,工作关系、人际关系特别有数,说出来的话也总是让人舒舒服服。

而电影组那两"大哥"则不一样。我进电影组"借宿"半年多了,他们就没有消停过。

先是电影组组长,二级上士,这可是真正的老兵了。他可以说是"神龙见首不见尾",一天见不了几次面,不是在协助机关采购

229

物品就是在去财务报销的路上，但是哪次重要会议开始前，他都能神奇地提前出现在保障岗位上，这就是老兵的"分寸"了。

放映员孙涛，二级上士，大门不出二门不迈，没有放映任务时，基本手机不离手，最近整天沉迷于网络，这个月的工资基本都捐给了游戏平台。到军人服务社赊账消费，因没有及时还款引发矛盾，导致全站范围内开展"杜绝网络游戏，抵制不良消费"的大整顿。

放映员王浩，下士。此人不抽烟、不喝酒，基本无不良嗜好。但爱睡懒觉，一到周末，他能连续睡两天，中间只需吃一碗泡面，一米七几的身高体重接近180斤。早上出操以发烧为由不起床，被组织出操的参谋部副参谋长"较真"，"押赴"医院量体温，最终36℃体温被副参谋长以"谎报军情、消极怠操"定"罪"，害得电影组包括我在内的四个兄弟，连续早操踢正步一周。

至于我这"半个"嘛，领导多次夜间查岗不在位。不过，经过调查，我都是在机关办公室加班，没被"收拾"反而落了个爱学习、工作勤奋的好名声。

"大家都要向吴风港同志学习，一门心思扑在工作上。"主管电影组的政工处张副主任不止一次在电影组当着大家的面表扬我。

其实，机关兵相对于基层单位的士兵看起来懒散些，但不是谁都可以胜任的。机关兵需要具备一定的专业特长，就比如彭勇班长，摄影技术在全旅都是挂上号的。凡有重大场合，胸前挂着照相机，肩上扛着摄像机，一人顶两个人用无人能及。别看电影组长平时见不着人，他对于电影设备和调音台的运用接近或达到专业水平。这样的人才短期内是培养不出来的。

至于我嘛，经常在机关进进出出，也算是"半个"吧，虽然是非固定地帮帮忙，但也兼顾着一个单方面的工作，且干得有模有样，难怪有人背地里戏称我为"吴干事"。

我权当是揶揄作罢。

还真别说,"三个机关兵一台戏"真不假,只不过是战位不同,真要有事他们不比别人逊色。因为他们手里除了钢枪,还有技能和笔。

我深信。

77
没有伞的孩子只有努力奔跑

"没有伞的孩子只有努力奔跑"是流行于社会,自认为有理想、有抱负的青年时常挂在嘴边的一句励志口头禅。

意思就是给自己打上一个"素人"的标签,宣示所有的成绩和收获都是自己靠奋斗得来的,言外之意当然也不排除对某些社会沉疴的鞭挞和讽刺。

我理解这个"伞"是指保护伞,也就是"关系"。

其实,部队是不吃这一套的。

举个例子:我们身边也经常有一些人,不吹吹牛皮就好像别人感觉不到他的存在,一会儿东边有关系,一会儿西边又有他的什么亲戚,总之就是他社会关系很厉害。没错吧,你身边有没有这样的人呢?

但你有没有发现:真正有出息的,哪一个不是在自己的岗位默默无闻、兢兢业业干出突出成绩的?

也许,糟粕的文化有着一定的惯性,但永远成不了主流。

我是一个没有"伞"的孩子。

因为"带着使命去，带着荣誉回"的嘱咐，我不敢懈怠。

工作是一种享受！

现在的军队就像电影、电视剧描写的，快节奏的钢铁洪流一路高歌滚滚向前。没有投身战位、慷慨赴死的英雄气概，很快就会被边缘化。

这是真实的现实。

一个士兵清楚自己的战位，尊重自己的职责并为之竭力奋战，这是战斗胜利的根本，也是士兵应有的本色。

好在我目标明确。

我精力充沛，信心满满。

78
老兵退伍前夜

时间过得真快。转眼入伍已经一年多了。

再过两天,我肩上的军衔也该由现在的"一拐"列兵晋级为"二拐"上等兵了。

这意味着,一批"二拐"已完成宪法赋予的兵役义务,即将退出现役。

明天,各单位将宣布退出现役人员名单。

宋祥娃是我刚分到通信连集中居住集中管理时,我们宿舍的临时管理班长,平时对我们很是照顾。

下午刚上班,宋班长的电话就打进了我的手机:"喂,哥们儿,帮我核实一下,退伍名单有我吗?"

"啥情况啊班长?退伍名单是秘密,我上哪里核实啊?"

(其实,明天就要宣布退伍命令,因为复杂的走留矛盾需要支部提前做工作,多数退伍名单都已经通知到了基层主官层面。)

"哇哦,不要紧,晚上别加班了,外线班梁胖子我们哥几个一起，找个地儿聚聚。"

"啊，好啊，你能请到假吗？"

"都什么时候了啊！这几天熄灯都统一推迟了半小时，我们熄灯前回来就是了。"

"好嘞，班长。我请哈。"

因为老兵退伍特殊时期，我们只好把"局"设在了电影组我的房间。一来这里相对"安全"，通常情况下不会有领导"来访"；二来呢，电影组离通信连直线距离也就两三百米，万一有事跑步到场也就两三分钟的事。

更重要的是，我的室友请事假回老家了，方便。

一切按计划进行。

我花血本用了半个月的津贴，按照吃货们的口味订了8个"硬菜"、10瓶可乐，就为了刚下连队那会儿宋班长对我的"高看一眼"，我没有一丝儿吝啬。

宋班长可能是知道了自己已经在退伍的名单里，所以"席间"显得格外激动。他说这两年啊，对自己是一次蜕变，顽劣的性格基本消磨殆尽，受到委屈时知道忍耐了，遇到困难也学会了自己想办法去解决，以往"衣来伸手、饭来张口"很娇气，现在洗衣服、打理自己呀，什么事儿也都会干了，等等。自豪里略显对军营的不舍。

宋班长还告诉我："你小子什么都好，就是脾气不好。性格直爽，说话不会转弯，这样容易伤人，不改迟早会吃亏的！"

外线班的那个梁胖子，大名叫梁大建，从山西大同农村入伍，家境不是很好。有一个哥哥，听说最近犯了点事儿，全家上下都在为他操心。他深深知道：走正道、务正业无论是对个人还是对家庭有多么重要。

梁胖子也可能从连长、指导员的谈话中，知道自己已在留队的安全名单里。他对能继续留队服役非常感恩。感谢连队、感谢党支部。

梁胖子一晚上都在念部队的好。说吃喝穿着不用自己操心，军装又帅气，选取士官后每月还能拿到不少的工资，这些钱在老家能办很多的事，自己好好表现，说不定还能套到三期，到时候转业，当地政府还会安排工作。如果能实现这样的愿望，简直是祖上积了大德。唯独没有提到万一哪天真要上前线，自己还能上战场杀敌，还能为国防事业做贡献什么的。

宋班长和我的情况相似，在一个地方大学金融管理专业大二入伍。农村学生考上大学会办酒席，十里八村的父老乡亲都会来庆贺。7月宋班长参加军校考试就差9分上线。他也想过留队继续服役，但到手的大学文凭就得泡汤，父亲为他做了半辈子的大学梦就将终结。

"这人哪，有些时候就不是为自己活的，我不能辜负了我的父亲，反正部队会前赴后继，多我一个不多，少我一个不少。"宋班长言外之意有些许无奈。我懂。

三个小兵在一间不足10平方米的宿舍掏心掏肺三四小时。对即将离队的宋班长可能是军营的最后一个夜晚，但对于我，夜，还很漫长……

79
天寒好个冬

一年一度的年终工作总结，机关已下发文件开始布置。

一年来各单位战备训练完成情况，基层全面建设发展情况，支部自身建设情况，等等，都要实事求是地进行深入分析和总结。

这是部队建设的重要环节。是大事。

大到什么程度呢？

大到会停飞。

一年365天，集中三五天时间来梳理工作，深挖教训找差距，凝集力量再出发，是必须的，也是必要的。

因为涉及各单位的切身利益，事关场站党委对一个单位的基本评价，所以，各级都很重视。对个别后进的单位，通常上级党委还会结合年终工作总结，指派专人进驻帮带的。

基层支部的年终总结工作则有所不同。

"临阵磨枪，不亮也光！"就像我们连队，临近总结的那一个多月，官兵士气甭提有多么高涨，大家憋足一股劲儿工作往前冲，都希望自己近期的表现在官兵之间、在组织面前留下加分的印象，

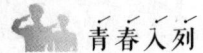

为自己一年多来的努力做收获的准备。

而连队主官呢,也早早地在心里为每一个人"称重",谁受嘉奖,谁获三等功,优秀义务兵、优秀士官又该给谁谁,等等。毕竟他们的每一个决定都事关官兵的荣誉和切身利益,摆不平官兵就会有意见,会挫伤士气,影响连队的风气建设。

面对年终工作总结,我的问题来了!

"郑干事,你给通信连指导员打个电话,让他们在吴风港的奖励问题上,不光是结合一年来在连队的工作表现,也要把吴风港工作之外的时间协助机关开展新闻宣传工作,并取得众所周知的突出成绩一并考虑,实事求是地正常测评、正常上报。"政工处张副主任(政治工作处党支部书记)在机关年终工作总结动员会上,对我这个进进出出的"编外小兵"做出了如上安排。

12月中旬,季节已近隆冬。

机关大院主干道两侧,整齐排列着数十棵30多米高的梧桐,历经入冬一个多月来的"风吹叶满地",只剩赤条条的枝干在寒风中孤独摇曳。

天寒好个冬。

我又开始不淡定了。

我想着,一年来我的工作不是在视讯班就是在采访写稿,除了参加连队的军人大会、政治教育,就没在连队正儿八经呆过几天,因为相处时间短,连队官兵多数对我这个若即若离的新同志还不是很熟悉。奖励需要群众评议,班、排推荐的,那要真推荐不上来,我这一年不就黄了？真黄了，怎么给父母交代？

属于自己的东西坚决不放弃。这个我必须要争。

我准备了如下理由，天真地决定找机会和领导汇报汇报：一是我的岗位虽然在连队，但工作一直在连队、机关两头跑，评功评奖对我不利；二是连队奖励指标本来就很紧张，视讯班的工作与连队的战备训练相比不占优势；三是一年来取得的成绩有目共睹，可以不奖励，但要给出可以接受的合适的理由。

第二天上班，我带着准备好的问题走进了张副主任的办公室。

张副主任没有吭声。事实上，我的先入为主是多余的，也是错误的。

通信连党支部是讲原则、讲情谊的。

支部上报的奖励方案上，三等功奖项我排在了第二位。

推荐理由：吴风港同志爱学习、勤钻研、肯吃苦、干劲足，在视讯员的岗位专业能力突出，履行职责出色，历次重要电视电话会议保持零差错；配合场站中心工作积极开展新闻宣传，为推进场站的全面建设发挥了积极作用，为连队争得了荣誉，官兵反响热烈。新闻宣传工作也是部队战斗力的重要组成部分。

重点：新闻宣传也是战斗力！

连队年终总结大会上，指导员还专门就我立功的事讲了一段话，大意是：可能有些同志对吴风港荣立三等功的事有些异议，认为吴风港常年在视讯班工作，对连队全面建设贡献不大。那我倒想问问大家，如果一个战士将全场站乃至全旅的飞行训练、政治教育、安

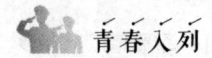

全管理、基层建设等,在《空军报》轮番宣传一遍,你们说这算不算工作成绩突出?这个兵就是我们通信连的吴风港同志。去年,我们给参加学院岗位练兵比武获奖的同志记功,他们也不是代表通信连,而是代表场站去的,我们就是要在全连形成这么一种导向,谁在本职岗位做出了突出成绩,为连队、为场站全面建设作出了贡献、争得了荣誉,我们就向上级争取给他记功。这是在群众推荐的基础上连队党支部的决定,也是全连官兵的共识……

余下,我就不多说了。

80
面对荣誉我压力山大

礼堂正大门的两侧摆满了鲜花。

"2018年度年终工作总结暨表彰大会"的巨幅横标高高悬挂在礼堂台口的正上方。

唯一例外的,今天没有摄影摄像任务。我被通知在上台领奖的区域就座。身披大红色绶带的我和其他十多名登台领奖的代表一样,心情无比激动。

期待已久的总结表彰大会即将开始。

回想这一年多来的成长经历和得之不易的成绩,我思绪万千。不骄不躁、踏踏实实干工作是王道,组织不会亏待为部队建设作出突出贡献的每一个人。干出成绩才能对得起这身军装,我为自己点赞,为自己加油。

义务兵记功是不多见的。

一段时间,也有不同的声音在"坊间"传播:记功名额应该向飞行训练保障一线作出突出成绩的人员倾斜;鼓励官兵投入精武强

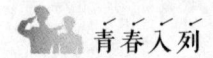

军大潮，立足岗位做出成绩这才是奖励的目的。

不同的声音有不同的道理。

我不理睬、不争辩。

"奖励不能作为用来平衡矛盾的工具。连队反映吴风港同志不仅本职工作出色，综合表现也走在了全连的前列。他常年加班加点地工作，写了200多篇稿子，其中，"红色基因传承"的稿子在全场站乃至全旅反响强烈，为各单位深化教育效果起到了积极的推动作用，这是大家有目共睹的。小战士挑大梁，这样的士兵不记功给谁记功！"

郑政委对参谋部个别领导对我记功质疑掷地有声的回撑，令我加深了对浩然正气一词的理解，也看到了在站党委的坚强领导下这支部队的美好未来。

81
新兵来啦,我依然是"新兵"

营区内又响起了震天动地队列行进的口号声。

礼堂门前广场上喧天的锣鼓震天响。

新兵下连了。

随着一纸命令,一百多名新兵陆续被各单位接兵的干部带走,补入不同的岗位。

从机关二楼玻璃阳台向广场望去,刚刚还乌泱泱的新兵方阵,顷刻间人去广场空。

今天他们在这里集结,一年前我从这里起步。

聚也匆匆,散也匆匆。

这也许就是义务兵两年军旅生活的真实写照吧。

一年一度新鲜血液的补入,是人民军队永葆青春活力、源源不竭强大战斗力生成的铁的保证。

新兵来了,意味着离我退出现役的日子不远了。

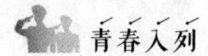

回首这一年来辛苦付出的点点滴滴,我为自己点个大大的赞!遇到委屈我自己消化,面对困难我想办法解决,不轻言放弃,勇敢向"不可能"挑战。那一串串长长的记忆碎片,点缀着我灿烂的青春,也丰富了我的人生。

期待着机关勤务班有新兵补入。

新兵那特有的、硬生生的"报告"声,直到下班的军号声响起也没有出现。

我依然是新兵。

82
书本以外的东西谁来教

在当兵之前我妈就曾叮嘱过我:"到了部队一定要有眼色。"

在新兵连有两件事让我对有"眼色"有了一个直观的认识。

刚到新兵连的时候还是9月初,一上午的训练加上闷热的天气,让大家口渴难耐。班长关心我们,让我们在训练间隙回去喝一口水。

我们在屋里畅饮完后就快速跑回训练场,全班就刘喜祥想着把班长的水壶也装满水拿过去。

班长擦了把汗,把一壶水一口气喝了大半壶。

我们几个站在原地有点无所适从。

还有一次,晚上睡觉前,大家都早早铺好床铺躺在了床上,惬意地享受着一天中难得的舒适时光。

班长在连部开会,熄灯了也没有回来。又是刘喜祥看出了这舒适环境中的一点"不舒适"。

他下床,快速地把班长的床铺铺展好后,才回到了床上安心睡觉。那一刻,我感觉自己真的就像是一个大傻子。

在一个全新的环境中,能最先打开局面的人总是最吃香的。刘喜祥的"眼色",我敢说绝对让他比我们少挨很多批。后来我们都学会了一些生活中的小"眼色",可都比不上第一个付出行动的人。

后来在机关进进出出,李干事第一次带着我去找政委审阅新闻稿的时候,我由于太紧张,在政委办公室里立正站好不敢动。过了一会儿,李干事从容地把政委的水杯拿过来,倒满热水后,轻轻地放在了政委右手能及的位置。

一句"给您",一句"谢谢",瞬间拉近了一个上校和一个中尉之间的距离。

站在一旁的我真想找个地缝钻进去。

这几件事,每每回想起来我都会觉得很尴尬,在无数次细细品味之后,也是收获颇丰。

但最令我印象深刻的则是另外一件事。

一次我在连队采访,在和指导员聊情况的时候,文书刚好有事汇报,我就站在一旁先把时间腾给文书。

这期间,我注意到指导员有意无意地看看桌上假日没有吃完的苹果,又抬头看看文书。

已经"升级"的我一下就明白了:这是一个没洗的苹果,指导员这是在暗示他把苹果洗一下,或是指导员自己想吃,也或许是为了招待我。

这个文书是我的同年兵,我们私下里关系非常好,我以为他会心领神会，在汇报完工作后，会把苹果拿走洗干净。出乎意料的是，他竟然无视这个小暗示转身就走了。留下了面无表情的指导员，坐在对面的连长捂着嘴偷笑。

显然，这样的事情今天不是第一次了。

我决定"点拨"一下我的这个小哥们儿。

"哥们儿呀，刚才你是不是忘干了什么事情？"

"能忘啥，不就是没洗那个苹果吗？"

"你知道啊！知道咋还不洗？"

"他又不是我爹，他是我的指导员，该干好的工作我全干好，没有理由去伺候他啊。再说了，部队也不鼓励溜须拍马啊，你在机关进出应该比我清楚啊。"

这一番话把我撑得无语凝噎。

是啊，有眼色不等于拍马屁，当兵有句话叫"腰杆当家"，挺直腰杆，不卑不亢也是必须有的态度和骨气。

想想也对。

83
我和老兵室友的战争

我的室友孙涛是一个当了十年兵的二级上士,可谓"老兵油子"一个。但他和你们想象中的老兵可不一样。

他是一个脑子里只想着舒服的人。和他在同一屋檐下相处了半年,工作之外的时间,他除了抽烟打游戏,我几乎没发现他会干别的事情(这话可能带了点情绪)。

他是有编制的放映员,是名副其实的机关兵。其实这样的人哪个部队都有,甚至在地方也很常见。机关单位相对宽松的管理环境给了他随心所欲的沃土,可这样的极少数人咋就让我给撞上了呢。

晚上加班回宿舍已经12点多了。一推门,刺鼻的烟味儿瞬间破门而出,激得我连连咳嗽。我一抬头,看见此刻那个大少爷正被烟雾严严地包裹着,以至于我只能模糊地看到一点点他的轮廓。

他手上的手机不断传来"超级加倍"的语音。他附和着怒骂,像极了赌徒。

我是一个不抽烟的人，曾经多次和他商量能不能不要在屋里抽烟或者少抽一点。我们的宿舍不到 10 平方米，满屋子的二手烟对身体的伤害实在是令我忍无可忍。

看到此时"仙境"般的宿舍，12 月的冬夜，要么忍受寒冷开门散烟，要么就进去"吸毒"。

我拖着疲惫的身躯无奈选择了后者。

"孙班长，你看见我抽屉里的面包了吗？"我拉开抽屉想吃点以前留着宵夜的面包，然而抽屉里空空如也。

他头也没抬地说："晚上打游戏过饭点了，我就把你的面包吃了。"

"你没和我说一声咋就把我的面包吃了，我现在肚子好饿呢。"

"不就几块面包吗？明天我买给你。"

他从头到尾没有抬头看我一眼，一直在打他的游戏。我怒火中烧。

"你知不知道你这是什么行为？你没经过我的允许就拿我的东西，这叫什么你明白吗？"

他白了我一眼，没理我。

这个态度点燃了我这半年多来积攒的所有不满，我敲着他的桌子说："你看见这一屋子烟了吗？这就不是人睡觉的地方，我曾多次和你商量，你每次都拿我的话当放屁，你这是把我当空气了吗？今天，你还没经过我同意吃我的东西，是在侵犯我的权益，我希望这是最后一次。否则我会向领导反映你的所作所为。"

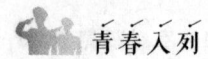

他终于抬起头一脸不可思议地看着我:"你想干吗啊?"

"你听到了,照做。"我毫不客气地说。

他把手机一扔,跳下床站立在我的面前,摆出一副痞子样愤愤地说:"你算老几啊,轮得到你来教训我?"

这是要打架的节奏啊,但是谁怕谁呢?我一定打不还手。

(注:新兵连指导员曾告诫我们:在部队但凡遇到这样的事一定要忍住不要还手,因为打架违反了《中国人民解放军纪律条令》,是要受到纪律处分的。你还手了叫打架,没还手叫被打。打架和被打不是一个性质的事情,处理起来天壤之别。)

我上前一步几乎贴着他的鼻尖:"不信可以试试,我回来前把屋里的烟必须散掉。"说完我摔门而去。

其实我也不知道要去哪里,在这个寒冷的深夜。这是为了给彼此一个缓冲的时间,好让大家都好好冷静一下。

于是我决定,去厕所蹲会儿。

半小时后,我回到宿舍的时候奇迹出现了:原来满屋的烟雾真的就这样神奇地消失了……

自我们认识以来,今天是他睡得最早的一次。

之后的两天我一直在纠结要不要找领导。

一方面是不想给领导添麻烦;另一方面是如果真让领导来解决,以后怕是和他老死不相往来了,何必多一个"对头"呢。

好在没过多久他就休假了,这件事我也就没再往心里去。

一个月后他休假回来那天，我主动点了一些外卖给这老兵接风。我们互相道歉后一边吃饭一边聊天，缓和着我们的关系，握手言和。

其实，回过头来看这件事情，我是有不对的，毕竟他是老兵，不管工作干得怎么样，终归是比我为部队多付出了那么多年的青春，我不应该用那样的态度直接撑老兵。这是不成熟的表现。

遇到实际问题，应该多想办法调解。如果这顿饭早一点吃，情况也许会不一样。

但话又说回来，作为一名军人，捍卫自身正当权益的血性还是必须要有的，不能当软柿子谁都能来捏一把。

新兵还没授衔的时候，连长就告诉我们："只要你们是对的，不要怂，干就完了，天塌下来连长顶着。"现在虽然新兵连解散了，连长不在身边了，但还有组织、还有领导同样会给我们撑腰。

84
离退伍还有 270 天：我的第三个"小目标"

2019 年 1 月 11 日，正常情况下，距离我退伍还有 270 天。

西方一个著名的军人有一句名言："不想当将军的士兵，不是好士兵！"我注定是当不了将军了，但我可以当一个好兵！

这天，我为自己确立了第三个小目标：退伍前要评上"优秀义务兵"。

85
无悔军旅走一回：以新兵的身份重新出发

新年伊始，我们政治工作处发生了重大人事调整。

这个私下里传了没几天的小道消息，这么快就变成了现实：我们政工处梁主任跨军种调往一个军分区的武装部任政治委员。

对新主任的到来我是充满美好的期待。

实话说吧：我们政治工作处的整体文字能力是比较强的，新闻宣传工作梁主任也不怎么操心，包括各个业务口的文字都是干事们各自把关，为此，政工处没少挨批。

梁主任是业务干部出身，工作思路清晰，大项工作统筹有板有眼，尤其是基础性的安全工作死抓不放。他常说："这是底线，底线是不能触碰的！"

梁主任还是一个超级"军迷"，他有一个"特长"：手工活。

他能将刚刚家装完后的边角料，用来做国产航母模型，不可思议吧！按比例缩小的图纸，从各类兵器的位置，舰岛的高度、细节，舰炮的大小、长短，舰载机的可能数量都标注得门儿清。每到休息日，礼堂二楼那个杂物间，他叮叮咣咣三个多月，每天工作十多个小时。我和电影组的两个兄弟，因为当下手也没少牺牲休息时间，只盼望这艘"航母"能早些下线"出海"。

我理解为这是一个老军人对人民军队炽热的军旅情结。

新来的主任姓陈。
这个人可不简单！
陈主任是一个颇具资历的"老政工"，团以下的全部政治工作岗位他都有任职经历。来场站任政工处主任之前，人家在某旅机务大队就是副团职教导员。

不自觉间，我对这名"老政工"心生敬畏。

"小吴，你忙完请到政工处来一下，陈主任找你。"郑干事电话直接打到视讯班。正带着我们检修设备的班长对我说："快去吧，这里有我呢。"

陈主任到职第二天就召见了我。
"好的，郑干事！"我说。

"小伙子厉害呀。我在原单位就注意到咱们旅有个战士稿子写得不错，今天总算是见面对上号了！"陈主任说，"将你刊发的所有稿件以剪贴本的形式装订好尽快给我。学院近期要来检查政治工作落实情况，旅机关点名新闻宣传工作要做重点展示。"

"好的，主任！下班前给您。"

"还有啊，过去的成绩只能说明过去。从今天起，我们一起从'零'出发，视讯班任务不是很重，空闲的时候我们可以一起研究研究稿子，为场站的新闻宣传工作再开创一个全新的局面。有什么问题和困难，你直接向我报告。有问题吗？"

"没问题！主任。"

肩负着首长的殷殷嘱托，我以新兵的身份重新整装出发！

86
"间谍"落网记

我有一个关系特别好的战友叫徐天龙。

徐天龙是警卫连战士，我的同年兵。他常挂在嘴边的一句话就是"要是站岗的时候来两个闯岗的匪徒或者特务什么的就好了"。

他说这话的时候非常认真，甚至可以说非常渴望。但是他给出的理由我又无法反驳："这年头想要挂个军功章，除了比武也就是抓匪徒了。"

也许上天就是喜欢满足人们的小愿望，毕竟我这个战友真的非常"虔诚"。

这天我被派到营房门口去拍文化墙，完事后正好看到小龙（徐天龙）在营门口的警戒区域进行"杂草矮化作业"。眼看四下无人，我俩便在监控死角偷偷"摸会儿鱼"。

这小子干了一小时活了，见到我可算找着人倾诉了。

他说得唾沫星子横飞。大体内容是说连长最近情绪又不好了，班长被女朋友甩了班里气氛很微妙，看谁又不顺眼了之类的吐槽的话。他愿意说，我也愿意听。

不光是因为无聊，或者是我想找找有没有新闻点，主要还是因为我们的确有好长时间没见了。

正当他悄声感慨"老天爷啊，整点活儿来个匪徒啥的吧，这岗一天天站得也太无聊了啊……"的时候，他的小眼珠子迅速眯了起来，就像野兽在确定猎物的位置一样。

我顺着他的目光看去，好家伙！一个穿黑色连帽衫的人骑着辆摩托车停在营房门口，后座上还载了个人，正在拿着照相机朝着营门拍照。

这两人从摩托车上下来的那一瞬间，从肤色上我一眼就看出了根本就不是咱中国人。

这还得了！这是军事重地，不允许随意拍照，这俩人八成有问题。

间谍？

还没等我回过神来，说时迟，那时快！身边的小龙已经像风一样朝着俩"间谍"飞奔而去。那背影，说是猛虎扑食一点不为过。

此时营门哨位上的哨兵也厉声喝止："站住！干什么的？"

这一声警告如同平地惊雷，把这俩"间谍"惊个半死，他们快速上车，油门一踩就要跑。但这俩倒霉鬼没跑几步，就碰上了朝他们飞奔而来的小龙。

只见小龙一个箭步猛扑上去，双手稳稳抓住摩托车的后座，用尽全力往后拖拽。摩托车仿佛在拖着一个千斤顶速度骤减。但肌肉哪比得过发动机，眼看摩托车就要挣脱束缚，小龙利用在警卫连学到的擒拿格斗本领，直接双腿蹬地，飞身一个熊抱，把后座上的"间

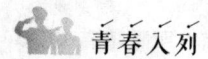

谍"直接抱摔到了地上。

不是亲眼看到,你也不敢相信一个人可以"虎"成这个样子!

由于外力的原因,摩托车像一头喝醉了的驴,没跑两步就撞到树上,摔了一地碎渣。两名"间谍"还试图挣脱,也被小龙和一样反应迅速的哨兵制服。

看清楚这俩人的脸,我们都惊呆了,果真是两个外国人。

众所周知,外国人在军营门口鬼鬼祟祟,指不定有什么不可告人的目的。看来小龙的军功章应该是到手了一半,看他高兴的样子,全然没注意到自己摔得手上和脸上全是血道子。

很快,警察就把这两个"间谍"带到了机场派出所。

旅政治工作部的保卫干事也跟着一同前往,协力调查这俩人的身份还有目的。

我估摸着,这说不定真是一条"大鱼"。

审讯一直持续到了晚上9点多。

审了这么久,看来来头不小。作为报道员这下又有新闻了,说不定还是个大新闻。我满心期待地询问这俩人到底什么来头,保卫科赵干事却说:"就是两个留学生,不是间谍。"

"不可能吧?不是间谍拍什么营门啊!还有这俩人长得这么成熟,真的是留学生吗?"

留学生?这俩人皮肤黝黑还留着胡子,看起来得有30岁了,我对这个身份难以置信。

"真的是留学生,师范大学学中文的。这俩人一个18岁,一个19岁,长得是着急了点。拍营门是因为喜欢军队想留个纪念,只是不清楚规矩。"

这是一个让人哭笑不得的结果。

闹了半天，原来是两个外国留学生。

小龙，你的军功章怕是又泡汤了。

虽然没有军功章了，但为了表彰小龙的警惕和勇敢，连队还是为他申请到了"嘉奖"。时隔一个多月，全旅军人大会上旅长还点名表扬了小龙"敌情观念树得牢"呢。

"小龙，别遗憾，不是间谍最好嘛。"

"放心吧兄弟，我不遗憾。坏人还有很多，只要我时刻保持警惕，一定能抓到，军功章是早晚的事。"

（旁白：忠于职责、追求荣誉是无可厚非的，但靠"投机取巧"来获取荣誉是不可取的。小龙抓"间谍"是真实的，心心念着军功章也是真实的，我表述的文字你怎么看，这就不是我的事了。）

87
父母突然出现在军营：久违的亲情瞬间释放

这个冬天的第一场雪来得有些暴力！

也就一个夜晚的工夫，营区的各个角落已经被厚厚的积雪覆盖得严严实实。

担负战备值班任务的军用机场跑道是容不得积雪的，必须时刻确保符合战机正常起飞的标准要求。

天刚蒙蒙亮，场务分队不需要通知就已早早进场，以退役喷气发动机改装而来的吹雪车，从跑道东头开始，开启了声势浩大的扫雪作业模式。

喷气发动机巨大的轰鸣声响彻机场全区域，震耳欲聋。

旅、站机关人员全体出动，稍晚于全旅部队十分钟左右到达跑道西头起飞线。手执铁锹、扫把等常用清扫工具的我们，相对于威力巨大的新型扫雪装备，参与意识大于实际意义。

我以"优秀义务兵"的标准，活跃在扫雪队伍的第一梯队。

本场气象台提供的气象监测数据显示：正在零星飘洒的雪花午

间之后渐止，傍晚将有 6 级左右大风侵袭本场，气温将会降至零下 8 摄氏度左右，并发布了大风降温蓝色预警。

按照旅保障部的统一部署，午饭后，除专业作业分队继续留场外，其余建制单位撤出场区，回防各自营区清理主干道以及官兵室外活动场所，启动扫雪、除冰、防滑的一级响应。

午后气象台再报：明日凌晨起有中到大雪再次袭击本场。

瑞雪兆丰年。

场站办公楼前忙碌的扫雪现场。

一台地方牌照车辆缓缓驶来，在距离我们十来米的地方停下。我的爸爸妈妈，还有我们连长先后下车。

这分明是已经先去过连队。

身穿黑色皮质西服、一年多未见的爸爸，远远看去依然光彩依旧。这个拥有 30 多年军旅的老军人步履矫健地直冲我而来。

这突如其来的场景让我有些许慌乱！

顾不了许多，我放下手中的工具以标准的跑步迎接，然后神色慌张地向爸爸敬了一个标准的军礼："老爸好！"

爸爸大度从容地伸出他那有力的大手："有点军人的模样了！"

刹那间，"儿子！"妈妈快速抱紧了我，"你吃苦了儿子。瘦了，也黑了……"妈妈早已泣不成声。

我最终没能成功地控制自己的情绪，激动的泪水、咸涩的鼻涕还有淡淡的口水，被妈妈的双手揉糊得满脸都是："没事没事，我挺好的老妈。"

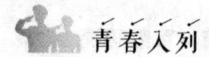

妈妈用她那饱含母爱温度的双手,不停地抚摸我早已冻得僵硬的脸庞:"冷吧儿子?你想妈妈了吗?……"

这一幕,感动着在场的所有人。

父母这次不打招呼"突袭军营",是不想影响我的正常工作和生活,是回家看望90岁的奶奶顺道过来看看我的。

这突然出现的惊喜,着实令我慌了手脚。日思夜想的老爸老妈,就这么梦幻般地出现在我的面前。300多天累积的对家、对亲人的思念瞬间爆发,我紧紧地抱着妈妈,热泪横流……

88
爱的力量有多伟大

"旅招待所102房间，你父母旅途劳顿，晚上不要聊太晚，早点回宿舍休息。明天上午给你半天假，陪陪父母唠唠嗑，下午上班前归队！"连长趁大家不注意的当儿，悄悄给了我半天的"人文关怀"。

这是一个二星级标准、不对外营业的军队内部招待所，坐落在礼堂东侧，同在一个大院内。我们部队在其他城市还驻有单位，外片部队的官兵来这里时，不用住外面的宾馆，方便工作开展。

爸爸、妈妈住的房间是一个小套间。客厅有简单的沙发和茶几，闲聊还算方便。

晚饭后，爸爸一直坐在那里，倾听着我滔滔不绝、不时略带"吹牛"色彩的军旅传奇经历，老军人时不时地点头示意。

就我这点事儿，人家心里还不明镜儿似的？

我兴致盎然地几乎从新兵连第一天起，从头至尾来了个遍，生怕落下了什么重要环节；一旁的妈妈不时地插话，试图挖出我"报喜不报忧"背后的故事。

爸爸面对面传授了不少宝贵的当兵经验。老军人就是不一样：他居然洞察了我内心的孤独。

"南宋诗人苏东坡有一句经典的词儿，叫'高处不胜寒'。知道这句话的意思吗？就是说人一旦到了一定的高度，就难免是孤独的。比如说你吧，同年兵们大都在基层不同岗位站岗、做饭、搞业务，而你却风不吹、日不晒、雨不淋，再加之你又是刊稿、又是三等功什么的，相对于同年兵，你们之间就形成了落差。人是群居类动物，兴致、爱好不一样了，共同语言自然就少了，所以你孤独是必然的，这不是你的错！"

老军人接着说："至于你那个室友，抽烟、玩游戏的问题，这是人家个人的修为，你又不是他们的亲人，没有教育、监护的责任义务；从关心战友成长进步的角度，你建议了、提醒了就尽责了，没必要盯着人家短板耿耿于怀。工作层面的问题，你又不是他的上级，少说为好。"

一大通家长里短、吹吹嘘嘘的，连一向能吃能睡的妈妈也丝毫不见睡意。

爸爸不忘见缝插针开始了新闻业务探讨："至于新闻嘛，不要以为自己能写，也上了些稿子，就真的觉得自己了不起，其实还早着哪！各行都有各行的道，你发表的稿子再多，写的不是领导关注的'点'，那有什么用？换言之，除了飞行保障中心工作外，党委和机关主抓的阶段性重点工作你报道不出去，领导会高兴吗？所以，干什么工作都要干到'点'上，这个'点'你们专业上叫'新闻眼'，实践中就是领导的'关注点'，'点'正了，就会有事半功倍的效果，你自己琢磨琢磨！"

老军人的传授是无私的。虽上不了教科书,对于实战却具有切实的指导意义。

我边听边消化着,刻印在这个深深的寒冬里。

89
我很努力，但我很委屈

郑政委已达到军官服役条例规定的任职最高年限。

一直以来有传言说要提升。

但最近，又说郑政委要转业。

正式消息是郑政委亲口告诉我的。

让我整理近年来他本人包括全站军人大会、党委全会、参加全旅重大活动的相关照片资料，以留作纪念。

传言也好，亲口告知也罢，没有命令都不算数。

对于郑政委的动向，我是十分揪心的。我隐隐觉得我们政委一直在默默关注、关心着我，以至于我这个兵到底能干什么、适合干什么，政委都明明白白。

想必，郑政委"惜才如金"的传闻，真的不是虚传。

出于对这个一身正气的政委的感激，我当然希望他能得到提升重用。一个优秀军官的成长需要漫长岁月的磨砺，需要丰富的经历才会淬炼成钢。

不管如何，我决定要为郑政委做点什么。

政治委员兼任本级党委书记，加强党委班子建设和部队风气建设是党委书记的职责所系，这应该是政委关注的"点"儿。

经过长达半个多月艰苦的资料搜集和采访准备，我先后采写出两篇自认为质量较高的消息稿，可惜最终审稿没有通过……凝聚着无数不眠之夜和最大努力的文字，被我永久地移进了办公电脑的加密文件夹里，遗憾和伤痛缠绕着我很久很久。

"稿子写得不错。"稿子送审时，郑政委都是手拿文件夹，疼爱地注视着良久才若有所思地说，"先放一放吧！"至今，我也没能琢磨出政委为什么没有给稿子放行的原因。

好吧。那就让子弹继续飞……

90
最后的军旅时光

瑟瑟秋风今又是。

在部队工作的时日已经不多了。

我们政工处的"老大"陈主任开始在大会、小会经常性地表扬我。说这个小伙子中规中矩，心地善良、成熟，有担当精神；工作勤奋刻苦，责任心强，有股子"不达目标不撒手"的冲劲儿。前面是对我人格、人品的肯定，后面则是对我工作状态的褒奖。

"这个兵我是当干事用的！"陈主任对新来的场站政委是这样介绍我的。我知足了。

郑政委转业后，接任郑政委的是曹政委。

这个曹政委可不是一般人。

场站从机关到基层，几乎无人不知晓。管教育的刘干事送给我一张光盘，里面有曹政委讲"党的创新理论"的课件，注意：这个光盘是原总政治部下发全军的！

曹政委上任场站政委前，是学院政治部的处长，正团职平调，对我们这个部队十分熟悉。在处长岗位之前，他在我们旅当过团政委（转隶之前），再往前还在我们场站汽车连当过指导员。现在又回到场站任职。

这个干部发展前景难以预测。我个人觉得。

组织部队开展思想政治教育，是政工处主任的主要职责之一。

陈主任上任以来，围绕基层政治教育组教模式的改革创新出了不少点子、想了不少办法，为基层政治教育减负收获了效益，也在相当层面得到了部队，特别是基层政工干部的认可和拥护。

"小吴，咱们一起把教育创新的做法总结总结，写个稿子吧，尽快给曹政委审阅！"我看出了主任的心思，在主任的指导和亲自"操刀"下，近3000字的经验通讯得到了曹政委的认可和表扬。后来《空军报》在二版头条位置给予了重点报道。

"小吴，政委让你去一下他的办公室。"陈主任的电话。

"要不了三两个月就要退伍了是吧。有没有考虑继续留队？"

"报告政委，还早，我还没有考虑这个问题。"

"那你认真考虑考虑，从保留新闻骨干的角度，我们希望你能留下；当然，你来自首都，还有未竟的大学学业需要你去完成。"曹政委说，"有没有考虑过报考军校"？

离开政委办公室，我又不淡定了。

考军校提干当军官,是多少立志献身国防的士兵梦寐以求的好事情,我当然也一样。问题是:就我这非考试型选手,万一考不上,选取士官可是一期就三年!军校没上成,学业也荒废了,这可是关乎我一辈子天大的事儿!

需要特别说明的是:军校考试以理科为主,我是文科生。

我最终还是辜负了组织的培养,辜负了首长对我的期望,对不起为之奋斗了一年多的党的新闻宣传事业。

军旅征程三万里,我就走了五千里,剩下两万五千里长征路,还有意气风发的后来人。

坚决不放弃是对自己的严格要求!

我每天坚持早起,跑步、做器械健身,没有工作任务,就早早到机关办公室整理资料,赶在大家上班前把公共区域的卫生收拾得干干净净,依然保持着士兵的本分。

我只要有机会就跑连队、跑业务股,一来看看我的同年兵,听听他们的想法和计划,顺便提前做个不经意的告别;二来呢,因为采访的原因,多数基层主官我都熟悉,了解一些基层部队的管理经验,说不定还能抓到好的新闻线索,为自己做个完美收官。我经常性地加班写稿到晚上十一二点,总想着能在退伍前再发点新闻稿,给领导一个惊喜,给自己一个交代。

超哥,旅训练科训练参谋,名叫张寅超,北京人,空军少校,北京体育大学特招入伍,他家离我家就隔着一条昆玉河,直线距离不超过一公里。

我们是在组织部队实弹射击训练中认识的。这个北京老乡平日里给了我不少的关照和鼓励。他一直想对自己分管的飞行员体能训练做些宣传，我答应过。无论如何要整出个初稿来，做人要讲信用。只是也不知道那篇稿子后来有没有发出来。

为了场站新闻宣传工作不至于因为我的退伍而滑落，陈主任未雨绸缪，在各单位推荐的基础上，组建了场站报道骨干队伍。这支队伍阵容强大，有指导员、教导员，有士官，还有刚入伍的新战友。

为期一个月利用业余时间组织的新闻骨干集训，昨天主任亲自组织，刚搞完开训动员，后面我还有四次新闻业务课，尽管我知道这是"赶鸭子上架"，但我得好好准备，我要把这一年来在部队积累的经验，留给我的部队、留给我的后来人。

91

临近退伍，我奉命搬回连队

八一假期前三天，我接到搬回连队居住、参加连队工作的通知。

这是一个没有任何前兆的突发事件。
我犯什么错误了吗？

军人以服从命令为天职！
当天，我一脸茫然地离开住了一年多的电影组，在班长的带领下，带着携行的被褥和所有生活必需品回到连队。

协助我"搬家"的郭班长住在连队宿舍靠窗的一面，帮着我安顿所有，随后连长进来了。

"吴风港，到连部来一下。"连长说完就匆匆转身离开。

"欢迎你回到连队，视讯班的工作随即脱离，具体工作等节后再明确。你有什么想说的吗？"

"服从工作安排。我没有什么想说的，连长。"

"好。有什么困难跟你们班长说。"

"没有困难！连长。"

连队6点20准时起床，6点30准时出操，7点准时开饭，8点准时（训练）操课，晚7点准时集中收看《新闻联播》……9点30准时熄灯，一日生活紧张、制式、准时，"8小时以外"自由处置，周三晚上还可以打扑克、玩游戏。与枯燥、单调，一天到晚只知道加班的机关模式相比，那叫一个丰富多彩。顶顶重要的是，由于新兵入列，居然还有人见到我这个"二拐"就立正敬礼、喊我班长！这可把一向见人就喊班长的我给激动了好几天。

因为我早早离开连队到分散小点视讯班，所以除了连队有活动，我平时很少回连，不只是我，分散小点的战友都一样。所以，能分配到小点工作，必须是百里挑一、自律能力强的优秀"选手"。

我把自己置身于新兵同一个层级。早上起床比同年兵早，和新兵一起清洗厕所、拖走廊、扫树叶，正课时间跟着老兵学业务、练技术，只要有空闲就找熟悉的同年兵闲聊、扯淡、吹牛皮。没有上稿的责任和压力，我一身轻松。

身着戎装，战斗在士兵的岗位。

"同训练、同学习、同劳动、同休息、同吃一锅饭、同举一杆旗……"这感觉，此刻的我才真正找到了兵的感觉！

放假开始后，连队的乐趣真正体现了出来。

这边篮球赛、足球赛、羽毛球比赛打得难舍难分，另一边扑克比赛、王者荣耀比赛进行得热火朝天。

别看连长身材瘦弱，却是个足球健将，球鞋一换满球场横冲直撞；指导员虽然每天看起来都很严肃，一进游戏却发现是个"王者"；副连长看起来是个壮汉，实际上是个爱看书的学霸；司务长

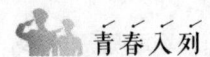

大家都以为是个吃货（否则炊事班做的饭咋那么好吃），实际上却是个健身达人，那一身肌肉甭提多猛了。

假期让我看到了战友们的另一面，这其乐融融的感觉真是太美妙了。

美好的时光总是短暂的，收假的哨声一响，大家都自觉地上交了手机回到了自己的岗位。张弛有道、收放自如，这就是部队的生活。

我感谢在连队获得的充实，更感谢战友给予我的无怨接纳。

收假点名后，文书通知我去连部。

"还有一个多月就是一年一度的退伍季，你是通信连的兵，却没在连队真正生活几天；这一年多来，视讯班和机关两头跑，本职工作完成任务出色，还为场站新闻宣传做出了有目共睹的成绩，为连队争了光。"连长说，"文书小康今年报考军校，预选后就要进补习班封闭式集中复习，你先履行文书职责，有问题吗？"

没等我开口，指导员接过连长的话茬："马上面临退伍了，你是走是留，也从来没听你说过。你回来后，机关和领导对你十分关心，要求我们严格管理、严格要求。这次回连队，是出于安全考虑，所有面临走和留的上等兵，都统一回股、连队集中管理，是全场站统一行动，你甭多想了。"

……

92
我们连的众生相

一个连队百十号人,来自不同地区,性格迥异,兴趣爱好各不相同。但每个单位都有各自的"小明星",网络语言把这些有一技之长的"小明星"称之为"达人"。一个单位各种"达人"越多,那这个单位"8小时以外"的军营业余文化生活就会越丰富。

来啦!我们连的"达人"们正满面春风地向你走来。

"行走的荷尔蒙"
——柏霄凌

柏霄凌,二级士官。油机班班长。

柏班长是我们连最能"藏"的一个。工作以外的时间,你要是与他没有相同的兴趣爱好,根本就找不到他人,因为他几乎所有空余时间都会猫在一个地方——连队健身房。

别人一到休息都恨不得"住"进手机里,他不一样,他的手机基本上充当计时器和音乐播放器,与健身房里的那一堆钢铁器械相

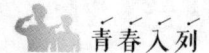

比，手机这种"庸脂俗粉"根本入不了他的眼。

因为有柏班长在，健身房的器械根本都不需要维护，更不可能存在灰尘，善于察人用人的指导员直接给了他一个没有编制的头衔：连队俱乐部主任。

第一次见到柏班长的时候，他的军装显得那么肥大。若不是军装、军营，还真有点仙风道骨的味儿。但他衣服一脱，那简直就是"行走的荷尔蒙"，每次洗澡都会被他藏在衣服下的肌肉震撼到。

最重要的是，你永远不要猜他的衣服兜里有什么。可能是护腕，可能是蛋白粉，甚至可能会有一小瓶已经冲泡好的肌酸……

他就像一只低调的仓鼠，不仅把各种营养补充剂藏在自己的各种兜里，还把自己强健的肌体藏在了谦逊的外衣下。

和他关系好的人（比如我）都知道，柏班长对战友特别友善，他总是伸出他那布满青筋、充满力量的手臂，手心里藏着一个小小透明袋子笑嘻嘻地说："哥们儿，蛋白粉要不要来点儿！"

我亲眼见过：他杠铃卧推120公斤可以做10个，80公斤只是热身。

余下，你可以想象了吧……

"味蕾先生"

—— 方晶亮

方晶亮，下士。炊事班班长。

方班长的相貌，与大家传统印象中肥头大耳的炊事员可不太一样。

他身材消瘦，一口大铁锅差不多能赶上他一半的体重。皮肤白皙，长相也非常帅气，整体来说就是"小鲜肉"一个。仅从外表来说，和大厨基本毫无关联。但就是在帅哥和大铁锅这一对没什么关联的奇葩组合中，他却摸索出了破解全连味蕾的美食密码。

一次民主生活会上，有好几个班长连续向炊事班"发难"，抱怨吃来吃去都是那几道菜，缺乏创新。就连一向对饭菜没什么要求的连长，也不好意思抓耳挠腮地说："确实该整点新花样了。"

于是乎，每周要隆重推出一道新主菜的任务，就落到了炊事班的肩上。

再往后，他们接连推出不少新菜品，其中最受官兵欢迎的，就是方班长做的油焖茄子，那种油而不腻、满嘴爆浆的口感，我敢保证：上帝都会拜他为师。

那一年，他才是个上等兵。

你可能会说他天赋异禀，但是起到决定因素的还是他的用心，他只不过是把别人打游戏的时间，用到了钻研业务上。这不嘛，术业有专攻，只要你用心了，就一定会在你的专业领域做出不一样的业绩。

安全大检查的时候，连长组织骨干检查手机里有没有违禁内容，查到方班长手机的时候，发现里面全都是大段视频平台介绍新菜制作的视频，不禁让连长感叹："真是辛苦你了，亮亮。"

上等兵的时候，他就当上了我们"通信大酒楼"的"主厨"，选取士官不到一年就当上了炊事班班长。

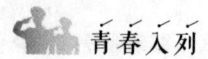

专业上的顺风顺水也给了这位大厨"豪横"的底气。

"什么？广东战友不吃辣？多放点辣锻炼一下就适应了！"

"什么？嫌羊肉膻不吃羊肉？那是他们没品出膻里的鲜味儿。"

一到饭点，方班长总是双手抱胸、满心欢喜地站在餐台前看着大家打菜，好像在说："谁对我做的菜有意见，随时过来提。"

我们哪敢提意见？这么好吃的菜，我们吃人家的嘴短。

网易云"小鲁迅"
—— 孙明星

孙明星，上等兵，和我同年入伍。

他天生一张忧郁的帅脸。网易云音乐 App 上的用户名是"小鲁迅"。

入伍前一年，他的年听歌时间为 2000 多个小时，基本上能听到的歌他全听过一遍了。他交手机的时候都是把耳机缠在上面一起交的，他的手机和耳机早已融为一体。

每次听完一首伤感的歌曲，他总是会在他的朋友圈分享出来，用鲁迅的口吻说："我大抵是忘不了她了，这风太湿润了……"

要是有谁失恋了想听伤感的歌曲，翻他的朋友圈准没错。

当然，爱听歌是无法成为"小鲁迅"的，喜欢读书才是他显眼的标签。

别看他长着一副不爱学习的脸，但是阅览室的书他真的没少看。重要的是他不是光看小说，还会看《资治通鉴》《毛泽东选集》这种富有智慧色彩的书籍，不得不让人佩服。

这可能也是他能写出那些文案或者"土味情话"的重要原因吧。

在这些因素的加持下，他的情感之路也是非常曲折，按照他的说法，人如其名，入伍前他就是老"海王"了，他的入伍伤了很多小女孩的心。

像这样非常容易网恋的"高危对象"，自然也会在第一时间被指导员盯上。谈心教育那是绝对少不了的，为了给他树立正确的婚恋观，连队里的不少老兵都被迫自揭伤疤……

"植物学家"
—— 郭志愿

郭志愿，一级上士。郭班长是连队的老兵了，是我们班长的班长。

一级上士的军衔，标志着他的身份和年龄。他已经买房买车娶妻生子了，妥妥的人生赢家。

除了专业技能非常了得，他还有一项"逆天"的技能，就是培植花草。

郭班长入伍那年，连队后面现在绿草茵茵的体能训练场，当时还是屯放废旧物品的"荒蛮之地"。那片荒蛮之地的一角，当年成了郭班长的实验园。

他把这块小地儿用自制篱笆围了起来，精心做了一小块花园，一年四季花香阵阵，饱受官兵好评。

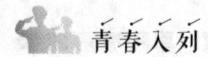

　　当时的连长发现了他的才能，便安排人手专门帮他进行了治理这片荒地，通过战友们一番再一番的改造和郭班长多年的精心栽培，"荒蛮之地"现在变成了一片竹林，一茬一茬的战士，都在竹林下打闹、乘凉、谈心过。

　　郭班长的这项逆天技能，在整个部队也是出了名的。
　　搞绿化郭班长可是一把好手，就连旅机关楼前的大树要移植，也得郭班长指点一二。这项技能虽然经常让郭班长出公差，但能力越大责任也越大，他倒也是乐在其中。
　　相处久了，和郭班长唠家常才知道，原来他在家里还有好几亩地，专门用来种一些花花草草，听说还挣了不少"银子"。
　　未曾谋面的嫂子也经常拍摄郭班长在家种植的作品，发到她自己的短视频帐号上，也会拍一些教学视频，介绍种植的技巧和方法，点赞和评论都很可观。

　　军营的包容性让郭班长的才华得以施展。
　　这里的舞台足够大，只要是规定允许的事，都可以一展身手。"撸起袖子加油干"就可以事业爱情双丰收，工作爱好两不误，建功立业在军营真不是吹出来的。

变数最大的男人
　　　　　　　—— 赵恒

　　赵恒，空军上尉，是我们的连长。
　　我们连长可不像《士兵突击》里的七连长那样，像一支马上就要爆炸的温度计。我们连长像是一把全槽位的瑞士军刀,你永远不知道他到底有多少技能。

一次连务会,一个在正课时间偷玩手机的老兵做检讨。连长批评完他之后犀利点评:"我就烦你们这种又菜又爱玩的,你咋好意思呢?"

开始我以为那只是连长的批评,后来休息和连长一起玩过游戏后,我才知道,那是高手对"菜鸡"的嘲讽。

连长的游戏水平全连无出其右,他总是无情地嘲讽:"你们空余时间就想着手机打游戏,就这水平?我随便玩玩都比你们厉害。"

连长爱踢足球,一到休息日就招呼"球友"们一起踢,经常把他们踢到累得跑不动,然后他和守门员唱独角戏。

连长还是个"麦霸",连队俱乐部唱卡拉OK的时候,连长要是在场,假如你没有超级强大的内心,是不会轻易抢麦的。反正我是这种。

我总以为,连长是连队的大家长,但相处久了才感觉,连长也是大家的兄弟。

作为连长,他熟悉连队所有的业务,不只是军事通信领域前沿最新发展动态,甚至全球高端军事通信科技、手段,尤其是近两年最火的量子通信,我们连长侃侃而谈两三小时都不用喝水,你信不?

连长还非常接地气,我们喜欢玩的他都会,而且他都能融入。有些人躲在被窝偷偷打游戏时,连长经常深夜上线"查岗",然后实施精准定位没收手机的"骚操作"。

连长又好像是"别人家的孩子",不仅学习好,游戏也比你打得好,体育还比你强。最关键的是,他长得还挺帅,你说气人不

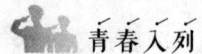

气人!

不过,听说我们连长现在不怎么踢足球了,原因却很搞笑:在一场与兄弟连队的足球友谊赛中,最后不分上下点球决胜负。连长和兄弟连队的指导员在点球环节,球没进,鞋却踢飞了。

结果,你懂的。

其实,我们连长也没大我们几岁,在我们全旅都算是年轻干部了。

93
连队没有女厕所

解放军叔叔是年轻人对人民子弟兵的爱称。

看到年纪相仿的战士,叫解放军同志太生分,叫帅哥又显得嘻哈了些,解放军叔叔就变成了一个不错的称呼。

军营是神秘的,令人向往的。

但是军营也是开放的。只要人民有所需求,想看一看军营的样子和官兵的精神面貌,基本都是有求必应。

我们部队大院,每年都会有三四批地方人员到军营参观。有退伍老兵,有工厂工人,也有学校的学生。

跟随来访者拍照这种小任务,我早已失去了新鲜感,只不过,这次的来访者多是年轻女孩儿,一获悉还都是大学生,同龄人的我不免心里有些小激动。

今天来参观的都是医学院的学生。

他们一进军营就对身边的一切充满了好奇。路过警卫连训练场,这边是四百米障碍课目,那边是激烈的擒拿格斗训练,热血喷涌的男儿血性，令姑娘们带着莫名羞涩的笑意。

因为她们的到来，士兵们的表现欲也拉满了弓。至少一向爱摸鱼的战友，我看他已经跑了三趟了，马上要体能考核，都没见他这么卖力。

严格的训练是部队的外在名片，勾起了这群"没见过世面"的姑娘的"青春躁动"；整齐的内务则是部队的内在名片，除了会让人连连赞叹外，也会刷新她们对军营、对军人的认知。

原来被子真的可以被叠成这般有棱有角的样子。

我以后得找个军人当老公的声音此起彼伏……

一个女孩摸着方方正正的被子忍不住地夸赞，伸手就想往被子里摸，大概是想看看里面是不是塞有钢板，被一旁的战友飞快制止。那个女孩吓得面红耳赤。

战士的被子，还有帽子里面是不能随便摸的，这是不成文的"军规"……

"解放军叔叔，请问厕所在哪里呀？"我听到这甜美的声音愣住了。

居然叫我解放军叔叔！我才20岁啊。

"我带你去，同学。你在我们连队见到有女同志吗？军营没女厕所，我给你们当守门员吧。"

"谢谢解放军叔叔，你真贴心！"

"同学，你今年大几啦？我入伍前也是大学生，咱俩差不多大，你叫我'解放军叔叔'好怪异呀。"

"我研一啦。"

"啊!那我可得叫你学姐啊,换算一下我今年其实才大三。我可不是'解放军叔叔',我是'解放军弟弟'。"

"那怎么行呀,你们是我们的守护神,连睡觉的地方都是那么整齐,称呼你们当然得用敬称啦!"

"你那'解放军叔叔',是不是把我喊老了呀?学姐。"

"啊,那我可管不了。在你们身边特别有安全感,就叫你们'解放军叔叔'!"

就在我帮这学姐看门的时间,我反复品味着她说的话,心中的窃喜已经挂到了脸上。

"小哥哥,谢谢你帮我守门呀,你真是个贴心的暖男。"

"别客气,学姐,这都是应该的!"

"加个微信吧?"说着,她就把她的微信二维码翻了出来,递到了我面前。

"对不起,学姐,我们手机在连队保密柜里集中保管,加不了微信啦。"

"啊,那你微信号呢?我来搜。"

"对不起呀,我不记得了,有缘咱们会再见的。"

其实手机就在我裤兜里,眼前的女孩也很漂亮,我也很乐意加她的微信,说不定那根细细的"月老红线"就连在我们俩的脚上呢。

但是,我不能这样做呀,这样的场合,这样的时机,万一被谁看到,再做点"文章"……我只能说,有缘我们再见吧。

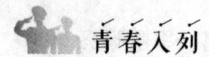

（注：部队有规定，战士在驻地谈恋爱，有非常严格的要求。）

在欢声笑语中，这群"仙女"结束了今天的参观，她们恋恋不舍地向我们挥手告别。

有缘，会再见的！

94
指导员给我下"战书"

春困秋乏夏打盹。俗话说的真准。

这炎炎烈日，热浪裹挟着困意与我们形影不离。

昨晚失眠，两点多才睡觉，中午出公差也没补觉，此刻的我和连队几十个人端坐在俱乐部闷热的环境里听教育课，的确是一种煎熬。

最终，我的眼皮在指导员照着PPT念稿子的过程中不争气地闭上了。那一刻，我仿佛回到了高中政治课的课堂上，就是控制不住地想睡觉。

惊醒我的是椅子挪动的声音。

这声音我熟，这是集合结束人员解散时挪动椅子的声音。我瞬间来了精神，想着赶紧出去透透气。

"吴风港，你先别走。"

"是，指导员您找我？"

"睡得挺香啊，从头睡到尾。"

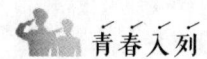

"指导员,对不起。我昨晚睡得太晚了,绝没有下次。"

"不要老是给自己找借口,没有谁比谁累,都非常辛苦。今天讲的是手机安全,等下赶紧把教育笔记写了。"

"是。"我悻悻地答道。

"反正也是照着稿子念,真不如直接发 PPT 给大家看,这就是浪费时间。"转身之后我小声嘟囔着。

"你说什么?说清楚怎么浪费时间了。"

完了。我忽略了指导员刚转身时到底有没有离开。八成是转身没有离开,这牢骚竟然被指导员听到了。

这可咋整!无论如何这不是什么好事。

不过话说回来,从内容上看,我觉得我说的也没毛病。借着平日里跟指导员无论是工作关系还是个人关系都比较融洽的缘由,我转身对指导员笑嘻嘻地说:"因为指导员你这堂教育课一点都不精彩啊。既然是重要的内容,这样照着文件念稿子,不就变成了为讲课而讲课吗?毫无教育意义不就是浪费时间吗?我来讲可能都会比这堂课生动。"

我也不知道是哪来的底气,难不成真的是飘了?我承认我有赌的成分,但是这一次,我赌对了。

"你觉得什么样的教育课是有意义的呢?既然你有把握,上台给大家展示一下呗。下周还有一次手机安全教育课,你来讲。"

"指导员,我不是这个意思。"

"就这么愉快地决定了,男子汉要敢于挑战自己。"

既然战书已下达,军人的词典里没有退缩!
军营大舞台,谁行谁上台。
怂什么,干就完了。

如何把教育课讲得生动活泼?那必须得问问"听众"们的感受。我以前采写了一篇深化教育效果的稿子,从不同单位的"听众"那里,掌握到了很多教育课的"痛点",比如,讲课照本宣科,内容不接地气,无法让官兵入心入脑,等等。

针对这些问题,我在充分学习上级下发的文件后,结合身边战友的典型案例,制作了一份全新的教案。有了接地气的内容和自己精细的准备,我有信心脱稿来讲。

"全连集合!"
"同志们,今天咱们利用一小时的时间进行手机安全再教育,但是授课人不是我,大家要认真听讲,做好笔记。"指导员说完,眼神示意我"请开始你的表演"。

我从座位上起来,虽然故作镇定,但还是略显紧张地朝讲台走去。指导员看我连讲义都没有,目光惊诧地似乎在提醒:"怎么没带讲义,这可不是开玩笑啊。"

我指了指自己的脑袋,似乎在告诉指导员:"别担心,东西全在这里呢。"

刚上讲台,连队的全体战友在指导员的带领下给了我热烈的掌声。这掌声抵消了我的紧张,瞬间给了我巨大的勇气和动力。

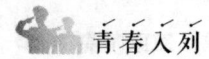

整堂教育课生动活泼、掌声连连、笑声不断。每当我提问时，我的同年兵们都争先恐后主动当"托"，抢着站起来分享自己的经历。

抛开了讲义，我便能腾出手来对 PPT 进行讲解，更加生动也更加接地气。

总体来说，这堂教育课我想表达的都表述得比较顺畅。

我没有遗憾了。

"小吴，不得不说，今天我是真的收获颇丰。你这堂课传达出来的内容准确，兵言兵事，确实不错，给你点赞。"

"谢谢指导员的鼓励。其实我讲的这些内容，也都是课前从与战友们闲聊的过程中搜集整理出来的，但不是道听途说，这可能是大家爱听的缘故吧。"

"真的不错。有胆量、有思想，提出表扬！"

"那也是指导员教得好！"

"臭小子，这马屁拍得还真舒坦。"

那之后，指导员的教育课也越来越精彩。不照本宣科，用兵们习惯的语言讲兵们关心的事，讲课效率自然也就事半功倍。后来，在全旅组织的讲课比赛中，我们指导员还获得了一等奖。

围绕如何深化教育改革，让教育更有成效，我把那段时间的经历以及后来与政治主官们讨教来的经验，整合出了一篇 2000 多字的通讯稿，《空军报》在二版头条位置予以刊发。

95
突然袭击：安全大检查！

那是一个夕阳无限好的星期五，黄昏预示着一天工作的结束。

柔和的阳光带来美好和舒适。接到了周六周日双休的工作安排后，整个连队都卸下了肩上的担子，每个人的脸上都洋溢着愉悦的笑容。

周六周日休息。

履行文书职责的我照例把手机发给大家，晚上可以放松放松、比划比划。"机关刚发来最新的工作安排，下周一上级要进行战备安全大检查，休息计划取消。周日上午旅机关也要组织安全大检查。"连长说。

几十号人站在一起，安静得能听到彼此的心跳。

"休息取消，晚上各班组织大扫除，把手机里的东西也检查下。明天检查装备、设备运行情况，安全保密条例各班先组织自查，我明天随机提问。开饭！"

怕就怕这突如其来的"随机"提问。

我们先是把连队从里到外翻腾了一遍，所有的柜子、桌子还有床，全部挪开，清理卫生死角。平日里堆放杂物的仓库，纵使那灰尘的味道不好闻，但也绝不放过。只要是有死角的地方，都逃不过抹布的洗礼；只要是眼睛能看到的东西，都得遵守"队列纪律"，包括厨房里的食品……

那一晚，连队学习室灯火通明。

都快11点了，个别记性不好、在连部加班背保密条例的，被指导员赶回宿舍睡觉，毕竟，谁都不愿意在上级大检查中出洋相、拖连队的后腿。

第二天一早，旅机关的检查人员还真来了，把我们连队查了个"底朝天"。

好在我们的工作是扎实的，标准是高的，机关检查组给予简短表扬后，大家都松了一口气，但是还没到真正可以松懈的时候，因为明天迎接上级的工作组，那才是重头戏。

周一，我们从日出盼到日落，工作组连个人影都没有见到。临开饭前，连长收到通知：工作组计划有变取消了。

大家失望至极，那么好的一个周末，就这样过去了……

两天后，原本计划取消的工作组，不打招呼直接"突然袭击"我们旅，我还被一个陌生的上尉军官连着问了三个问题。要不是那天晚上的突击加班，丢人现眼的事发生在我身上也不是没有可能。

这一切仿佛都在连长和指导员的意料之中。

我也是经历了这件事才明白：这些各种大检查呀，是上级检视工作在基层落实的必要手段，同时是给大家伙儿紧紧弦儿。检查的真实目的，就是要让部队始终保持工作扎实的劲头儿，建立起部队正规化建设的一流标准。

96
杀气腾腾的飞行训练现场

我所在的部队在这轮"军改"中转隶到了某飞行学院,改编为一个飞行训练旅,但同时担负着战备值班任务。可谓是作战训练一肩挑。

被喻为"空中美男子"的歼击某型战机,在练兵备战的大潮下,由于"人"的综合素质全面提升,战机依然发挥着强大的威力,在多次战斗转进中表现卓越,为守护祖国的空域安全作出了突出贡献。

今天是地靶实弹射击训练的首个飞行日。
经连首长批准,我由在塔台值班的班长,提前带到飞行指挥塔台通信值班室,目的是拍摄一些保障现场的资料,充实连队的宣传橱窗。

机场跑道西头。
飞行指挥塔台象征正常组织飞行的蓝色旗帜迎风招展。
地面牵引车、加油车、电源车、氧气车、消防车等各式特种保障车辆穿梭往来,银白色的战机在起飞线一字排开,在朝阳的辉映下格外凶悍、耀眼。

9时50分,"砰!"一颗蓝色信号弹腾空而起。这是塔台指挥员下达的开飞命令。

起飞线上,两架战机按双机编队阵列快速滑出,咆哮着直插云天。

地面保障车辆依次快速撤出。

跑道东头一侧以白色粉末圈定的靶标,此刻风平浪静。

十分钟左右,首架进入本场空域的战机,经过几次转弯后对准靶标俯冲而下。

"啪啪,啪啪啪!"在离地面也就几百米的高度开始了本次训练第一次实弹射击。

靶标区域有白色灰尘应声高高腾起。战机瞬间拉起扬长而去。

有经验的飞行员包括地面工作人员,通过靶标腾起的白色灰尘就可判断:这是一个精准命中的"十环"!

地靶实弹射击每年都会组织,是检验训练成效的必需课目,也是经常性训练与实战结合的关键性重点课目。

97
机场夜思

广袤的苏北平原腹地。空军某机场跨昼夜训练飞行。

随着天的西边暗血色的霞光一点点退去，厚重的夜幕悄然地笼罩着机场，远处的村庄已渐渐模糊了轮廓。

起飞线停机坪。十数架银白色的战机整齐列阵，各种保障车辆已渐次退出，偌大的机场停止了忙碌，进入战机起飞前的短暂平静，蓝橘相间的跑道灯闪烁着诡异的冷光。

神秘的军用机场。

凉风飕飕的夜。

战机作为战时制空的重型兵器，很少进入百姓的视线。此刻，它静止在起飞线蓄势待发。

人民空军经历半个多世纪的建设成长，如今早已威震长空。从雪域高原到中原腹地，从西部边陲到黄海前哨，从波涛壮阔的东南沿海到美丽富饶的宝岛周边，祖国的万里河山，遍布着空军将士战斗巡航的璀璨轨迹。

在人类历史发展的漫长进程中，一个民族的崛起总是避免不了异族的打压、排挤和干扰。历史就是这样书写的，今天也是这样发生且正在发生着。

战场也许离我们很远。

战争也许离我们很近。

"砰"！随着一颗绿色信号弹腾空而起，机场仿佛瞬间注入了战斗的血液！一架、两架……战机咆哮着，拖着长长的烈焰奔赴茫茫黑夜的陌生空域，他们即将展开的格斗、厮杀，令我这个后勤兵满脑子充盈着无限的遐想。

在某些西方国家口口声声"国家利益优先"的幌子下，原本平静的世界狼烟四起。每一次局部战争爆发，都离不开夜战的阴影。战争发生在深夜、发生在黎明，熟睡中的城市和人民，受尽战火的撕裂和踩躏，一幅幅战场血腥的画面，令每一个渴望和平的心灵痛心不已。

陈兵百万是威慑，是不战而屈人之兵；日夜砺剑不是为了厮杀，是一剑在手天下平！仰望星空，我看见了远方战机空战演练的航迹。这片空域下，有我们熟睡的城市和百万乡亲。

"无恃其不来，恃吾有以待也。"练兵备战为和平，苦练精飞谋打赢。人民军队铁血方阵，我戎装一身，钢枪紧握！

站在机场的尽头，目视本场次最后两架战机再次出动的尾迹，远处有机载夜航灯依稀闪烁，完成训练任务的战机开始陆续梯次返航。

没有战机轰鸣的夜，祥和、安静。

这篇小散文《机场夜思》写于刚下连队不久，当时正值部队组织夜航训练，班长带我去塔台学习通信保障。第一次看到夜航训练

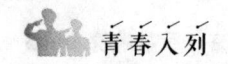

惊心动魄的紧张场面，我的内心深受震撼。这是一次真实的内心活动记录，大凡一个有责任、有担当的军人，面对此情此景我想都会思绪万千。这篇小文后来发表在2018年6月12日《空军报》长空副刊"起飞线"专栏上。

借着这个主题，作为军人的我今天依然有话要说：

"能战方能止战，敢战方能言和"！国防是为中华民族复兴伟业保驾护航的，维护国防安全，吾辈义不容辞！我们要为中国国防建设贡献出自己的青年力量！

再次伫立在机场跑道的尽头，一轮明月已悄然爬上远处村庄的树梢。放眼向西，璀璨灯光映衬下的城市夜色，我仿佛依然能闻到地靶射击留下的火药味道。

我欣喜地看到，最近网络上广泛流传着某军事专家的一段振奋人心的视频：专家去江南某造船集团考察，他发现：我国第三艘航母的总建造师1980年出生，总经理1976年出生，副总经理兼党委副书记1979年出生，空军主战装备的总设计师也是"70后"。一大批年轻人正在担纲国防建设重任，这是我中华民族的希望。专家还说："一定不要忘记：我们的国家还没有统一，中国人在解决国家统一的过程中，不允许有任何力量干扰和介入。这不是声明的问题，是实力！"

"除了胜利，我们已无路可走！"这是华为创始人任正非面对"5G"被制裁的血性呐喊。一个民营企业家有如此胸怀，我们民族需要这样的语言。军人的词典里只有胜利！

98
军人为谁而战

给大家讲一个"吴起吮脓"的故事:

吴起为魏将而攻中山。军人有病疽者,吴起跪而自吮其脓。伤者母立而泣,人问曰:"将军于若子如是,尚何为而泣?"对曰:"吴起吮其父之疮而父死,今是子又将死也,今吾是以泣。"——《韩非子·外储说左上》

(注:魏,战国时期诸侯国名,范围包括今河南省大部、山西省西南部,以及山东、河北省的部分地区。中山:国名,位于今河北省灵寿县至唐县一带。疽:一种毒疮。病疽(jū)者:患了毒疮的人。)

故事大意是:战国时期,魏国有一个骁勇善战的将军名叫吴起,奉命率领他的军队去攻打一个叫中山的小国。行军途中他发现有一个士兵生了毒疮,就跪下来亲自用嘴为士兵吸吮脓血。这个士兵的母亲知道这件事以后,马上就哭了。有人问她:"将军这样对待你的儿子,你为什么还要哭呢?"她回答说:"就是这个将军曾经为我儿子的父亲吸吮伤口,他父亲因此拼命作战,就战死

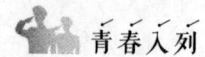

了；如今，看来这孩子也要因此而战死了。现在我就是因为这个缘故才哭的啊。"

兵者，军旗所向，置生死于度外。

军人为谁而战？为民族、为家国、为军人的荣誉！

但我最想说的是：一个士兵其实真的没有那么复杂，"军人以服从命令为天职"是军中使用频率最高的"军语"。战时，士兵多以班为战斗单位，服从于他们班长下达的作战指令，对行动目的和班长负责。狭隘地讲，战士为他们的班长而战或许更加真切！

我庆幸，我生活在一个和平的年代。

我要是生活在吴起那个年代，可能我妈也早哭了。忠诚和血性，作为基因序列早已融于军人的DNA里。

像吴起这样爱兵如子的领导，我的新兵班长，我的连长、机关和场站领导，还有带我的那个美女李干事，哪一个不是严厉中饱含着真情！

明天，我将离开军营。

离开我深爱着的这个集体。

99
当那一天来临

这是一个晴朗的早晨
鸽哨声伴着起床号音
但是这个世界并不安宁
和平年代也有激荡的风云
看那军旗飞舞的方向
前进着战车、舰队和机群
上面也飘扬着我们的名字
年轻士兵渴望建立功勋
准备好了吗
士兵兄弟们
当那一天真的来临
放心吧祖国,放心吧亲人
为了胜利我要勇敢前进……

熟悉的军号声在一天紧张的操课结束后准时响起,在军营上空激越悠扬。

雄壮的军歌声在军号休止后,从礼堂屋顶高分贝扬声器送出,在军营的每一个角落铿锵回荡。

鲜艳的五星红旗在护旗卫兵庄严的军礼注目中缓缓降落,明天又将与太阳一同升起。

真的要走了。两年军旅,弹指一挥间。

在这个美得令人心醉的黄昏,我和我的几个同年兵相约在军营漫步。我们最后一次身穿军装,军容严整地向国旗、向军徽、向军营中的一切特种标识行军礼辞行。

连队、办公楼、食堂、浴室、健身房,操场四百米标准塑胶跑道,所有我们生活和战斗过的地方,我们一圈一圈地走着,步履是那么沉重,目光是如此深情。

这里所有的一切,我们依依不舍……

"哥们儿,明天咱们就脱军装了,真的要走了,我怎么觉得还没呆够啊!"

"谁说不是呢。整整两年,平时总盼着哪天退伍,这日期真到了,心里反倒是空落落的,军营、战友、岗位,那么多的不舍。"

我们告别营区的目光是那样柔和。

这里的一草一木都是如此恰到好处。

我们讨论着爱伦堡说的那句话:"士兵们嚼着面包。战争在狼吞虎咽地吃着士兵。"

是的,战争随时会来。可能是在休息日的早上,也可能是在开饭的歌声后。我们不想去预料,但我们时刻准备着。

时刻准备着是军人的警惕。

当那一天来临时,如果我是战士,服从命令,奋勇作战,热血染得战旗红!

当那一天来临时,如果我是退伍兵,祖国一声召唤,肩起行囊赴战场,我以我血卫国防。

当那一天来临时,无论我是何种身份、身处何处,追随军旗指引的方向,唱响战歌奔前方!

虽然我明天就要退伍了,但我会铭记我在军旗下的誓言:时刻准备战斗,誓死保卫祖国!

誓言可不是空话。

军队,锻造了我的铮铮铁骨。

军营,使我成长的步履更加雄健。

军人,我引以为豪并将伴随终生的荣耀称谓。

100
向军旗告别

礼堂前的广场红旗招展。舞台的台口鲜花簇拥。
我们"向军旗告别仪式"在旅机关大礼堂举行。

部队除战备值班人员，旅、站两级首长和机关全体人员盛装出席，以全旅军人大会的高规格，为即将离队的战友举行盛大的送行仪式。

没有设置庄严的"主席台"，首长们都在观众席前排就座。鲜红的八一军旗平整舒展在舞台的正中央。
今天我们"C"位出席。

主持告别仪式的旅政治工作部韩主任，宣读了我们几十名"二年兵"，还有一些年轻士官退出现役的命令。我和另外9名来自不同单位的退伍老兵代表，听口令依次走上主席台。

在旅政委热情洋溢的致辞后，扩音器里传来了洪亮的口令声："全体起立！老兵代表都有：向后转。稍息，立正！整理着装，向军旗敬礼！"

"周杨！""到！""即刻起，你将退出现役，是否明白？"
"明白！"
"李启东！""到！""即刻起，你将退出现役，是否明白？"
"明白！"
"吴风港！""到！""即刻起，你将退出现役，是否明白？"
"明白！"
……

经过严格挑选的 10 名在各自岗位作出突出成绩的优秀士官代表，一对一肃立在我们面前。老班长们军容严整地举起右手，向我们致敬军礼，随后卸下了我们军服上佩戴了两年、饱含着深情和体温的军徽、军衔和军种标识。

我感受到了老班长的双手在颤抖。
泪水模糊了双眼。大家泣不成声。
这是对军旅的不舍，是对军营的留恋。

"革命生涯常分手，一样分别两样情……待到春风传佳讯，我们再相逢。"近千人舒缓而深情的歌声在礼堂久久回荡。
此刻起，我们将不再拥有军籍！
此刻起，我们即将奔赴新的征程！

尊敬的各位领导，亲爱的战友们：
很荣幸，今天我能作为老兵代表在这里发言。两年前，我们积极响应国家号召参军入伍、报效国家，服从命令听指挥，在本职岗位用青春和汗水为部队建设作出了应有的贡献，实现了自己的人生价值。在部队这座大熔炉里，我们认真学习、刻苦训练，培育了敢打必胜、勇争第一的血性、胆气。

明天，我们就要离开军营了，两年的军旅生活，心里有太多割舍不下的东西。军营，我眷恋的一片热土；战友，我朝夕相处的兄弟……此时此刻，千言万语表达不了我难舍之情。虽然明天就要走了，但在部队锻炼培养的良好气质、严谨作风、坚强意志将是我们走好未来人生路的宝贵财富。我将铭记培养我、锻炼我的火热军营，我会牢记首长的教诲和战友的鼓励，无论今后在哪里，我们都会发扬人民军队的好传统、好作风，始终牢记首长的希望和战友的嘱托，用自己的不懈努力，做一个对国家和社会有用的人。

在这里，我代表全体退伍老兵庄严承诺：脱下军装，把美好的回忆永远珍藏；告别军旗，把离别的不舍化作前进的动力。退伍不褪色是我们庄严的承诺，无论身在何处，都始终牢记自己是人民的子弟兵。

最后，祝愿战友们在强军精武新的征程上创造更大的辉煌。
谢谢大家。

这是我代表退伍老兵的发言。

至此，我完成了《中华人民共和国宪法》赋予的兵役义务，光荣退伍！

一身戎装，两年军旅，我度过了人生中最美好的青春年华。

我将带着军营里的成长经历重返校园，完成我还有两年未竟的大学学业。我珍惜军营经历的所有一切，无论雨雪风霜。

走出军营，我前进的脚步必将更加坚实，因为我拥有了军人的脊梁。

军旅总有尽头时，人生何处不风光。

敬礼！军旗。
再见！军营。

本篇（兼作整篇）结束语：说句心里话……

说句心里话：军队这个门，进很难，出亦很难。

进门难，主要是因为军队对兵员征集的严格条件；出门难，那主要缘于对军营的依恋、对战友的不舍。

难也好，不舍也罢，反正我是进来了，再不舍明天也得离开。

回首这两年，日子漫长，但时间也就一瞬间。

从两年前应征入伍与亲人离别，到两年后服役期满与战友离别，我的第一个收获是比同龄人更加懂得了珍惜。因为离别所以珍惜，因为珍惜所以深爱。

充盈着爱的家庭是温暖的。有爱的社会才会和谐。懂得珍惜的人生才更加有滋味。

其实，我大学上得好好的，之所以报名参军，除了尽《中华人民共和国宪法》赋予的责任、义务，更主要的是用我父亲的话说"锤炼自己作为男人的血性、胆气和风摧不垮的风骨"。我们的民族、这个社会太需要"我自横刀向天笑"的霸气。

虽然军营占据了我两年宝贵的青春，但我一点也不后悔。因为：我的筋骨更加强健，我的意志更加坚毅，我的眼界更加开阔，甚至我的抗压能力、社会交往能力、为人处世能力、自我修复能力都得到了不同程度的提升。这是我的第二个收获。这收获不是花钱能买到的，需要经历、需要时间的沉淀和打磨。

离开军营，我不再是入伍前的小男孩。我的第三个收获是军营对我的改变：我知道了责任的承担，不再像以前挥洒满腔热血、有勇无谋不计后果地大胆前行；我懂得了感恩，对家、对父母的思念令我为过去的不懂事惹父母生气而后悔不已；我学会了自律，因为习惯了部队的快节奏和整齐划一，任何懒散的作风和邋遢的生活习惯都被我剔除干净。现在的我是一个稳健、干练、有条理、奋发向上的男子汉；更重要的是学会了独立，遇到委屈和压力自己找出口释放，遇到困难和麻烦自己想办法解决，不到迫不得已别人是不会帮你的，军队、地方都一样。大家都很忙，谁还会顾及你的兴衰荣辱。

还有一个重要的事儿：听说两年义务兵期间，地方政府还会补贴一笔荣誉金。我可以把这笔钱一部分用来感谢父母对我的养育恩情，一部分用来投资学习，以便做出成绩报答部队对我的培养。当然……也许这钱我可能根本就没有处置的权力和机会。

一朝入伍，一辈子是军人。红红的义务兵退伍证是对我军旅生活的纪念，也是我军人身份的证明。

不忘初心，勇敢前行，为军旗争光，为军人添彩！

后　记

2020年3月30日晚上12点差7分，历经和全国人民一起因新冠居家两个多月，我终于完成了这本书的初稿。

我不是一个特别勤奋的人。还是在应征入伍到武装部集结的路上，父亲就对我下达了创作的任务：珍惜这两年军旅时光，用文字记录下来，要写得还像那么回事就给你出版以作纪念，书名暂定《青春入列》。这一晃都三个年头了。

但又给自己找一个不是理由的理由：我们生活在一个资讯如此丰富的年代，像我们这个年龄的年轻人，有几个能坐在电脑前敲键盘、叠文字？我已经算得上非常不错的那种了。是吗？算是吧。

拥有30多年军龄的父亲是一个十分较真的人，言必行，行必果。我的军衔都从"一拐"变成"二拐"了，"入列"还没有开头。大约2019年的这个季节，再也沉不住气的父亲按上、中、下三个篇幅一口气草拟了100个小标题，以文档的形式发到了我的手机上，我没有退路了。尽管，这些小标题在后来的创作过程中多数都没能用上。嘘！这句应该删掉。

我十分感谢我的父亲，也十分点赞我自己。感谢父亲一直牵引

后　记

着我向着既定目标进发；点赞自己纵使步履蹒跚但始终没有放弃。

　　写文章是一件辛苦的差事。好在我这不完全是创作，是记述。甚至，我压根儿就没有想过真的会公开出版，我一直都是在完成父亲交给的任务，记述自己的亲身经历，顺带宣泄一下经历时的感受、感想、感慨，让同龄人更为客观地了解军营，了解当兵的过程，懂得自我减压、自我激励、自求进步。如是，何尝不是一件好事。

　　大部分的文字都是在我离开军营半年后，回到大学读书利用课余时间完成的。虽然通篇基本都在回忆，但记忆愈沉淀愈清晰，记述起来也愈加有味道，这是我的真实感受。

　　我就是一个士兵，一个退伍的士兵，现在还是一个正在完成学业的大学生。如果你阅读我的文字感觉浪费了时间，我向你表示歉意。

　　通常在这里都要感谢很多的人，把他们的名字一一列举出来，我想了一下还是算了。好好学习，不负军旅经历，努力把自己锻炼成为一个对社会有用的人才，才是对给予我关心和帮助的人最好的感谢和报答。

　　春夜已深，匆匆辍笔，是为记。

　　特别说明：文中所涉及的姓名，均为化名。

2020 年 3 月 30 日　北京